보지 못하는 것을
본다는 것

주경스님의 사랑의 아포리즘 #108

보지 못하는 것을 본다는 것

주경 지음

마음의숲

머리말

천천히 가는 것이 더 빠를 수 있다는 것을 말하고 싶었습니다. 너무 조급하여 빠르게 가려다보니 성숙해지지 못하고, 끝까지 가지 못하여 미완성이 되는 것입니다. 그 허술하고 허망한 빠름에 몰두하다 보니 자꾸 넘어지고 부서지고 무너지는 것입니다. 늘 사람들 가운데 있어도 마음이 그리고 육신이 허전해지고 외로워지는 것입니다. 그래서 때로 사무치도록 눈물이 날 것 같습니다.

보지 못하는 것을 본다는 것은 가까이 다가가는 것이고 기다림과 느림과 쉼을 통해 가능한 것입니다. 멀리 떨어져서는 자세히 볼 수 없습니다. 급하고 빠른 눈에는 사물이 제대로 들어올 수 없습니다. 기다리며 묵묵히 천천히 가면서 가만히 그리고 고요히 쉼을 즐길 수 있을 때 비로소 세상이 제대로 눈에 들어옵니다. 마음이 있어도 시야를 벗어나면 볼 수 없고, 시야에 들어와도 마음이 없으면 또한 보이지 않습니다. 몸과 마음이 온전히 일치해야 제대로 보게 되는 것입니다. 현대인이 그렇게 좋아하는 사진이 바로 그렇습니다. 카메라 렌즈에 비치는 모든 것들은 단지 비치는 것뿐입니다. 셔터를 눌러야 비로소 사진이 됩니다. 렌즈는 눈이고 셔터는 마음입니다. 셔터를 누르듯 마음에 담을 때 비로소 사진으로 인화되어 나에게 남는 것입니다. 아주 쉬운 일인데도 그렇지 못하는 이유는 무엇일까요. 마음 때문입니다. 마음이 들떠 있거나 집중하지 못해서 제대로 초점을 맞추어 셔터를 누르지 못하기 때문입니다. 불교에서 늘 말하는 마음, 그 마음의 눈이 수많은 생각들과 현실의 일들에 휩쓸리고 갈피를 잡지 못하기 때문에 정작 보아야 할 것들을 보지 못하고 사는 것입니다.

이심전심, 마음과 마음이 서로 통하는 것입니다. 곁에 있거나 멀리 있거나 말이 없어도 서로를 알고 이해하는 것입니다. 말이 없어도 서로를 생각하고 이해하는 훈훈한 마음들이 가득하다면 세상은 얼마나 행복하고 아름다울까요. 세상이 그렇게 변화되어갔으면 좋겠습니다.

낮고 작고 가난한 것, 착하고 귀하고 어진 것, 아프고 외롭고 슬퍼하는 것, 세상의 다양한 의미를 지닌 존재와 생명, 그들을 보는 눈, 그것을 들을 줄 아는 귀, 그들과 대화할 수 있는 따뜻한 말 한마디, 그것이 세상에 점점 많아지면 좋겠습니다.

세상에 드러나는 뉴스들이 너무 거칠고 험악합니다. 욱! 하고 확! 하고 팍! 합니다. 하지만 드러나지 않은 곳에 많은 사람들의 사랑과 세상을 보는 따뜻하고 섬세한 시선이 있음을 믿습니다. 이 글을 읽는 당신의 마음이 물가의 쉼터처럼 평온했으면 좋겠습니다.

2023년 가을

주경 합장

차례

머리말 4

1장
말하지 못하는 것을 말한다는 것

#001 듣지 못하는 것을 듣는다는 것 18
#002 보지 못하는 것을 본다는 것 1 22
#003 말하지 못하는 것을 말한다는 것 26
#004 알지 못하는 것을 안다는 것 30
#005 어른으로 사는 법 34
#006 뒷이야기가 아름다운 사람이 되세요 36
#007 침묵은 다른 이름의 소통입니다 38
#008 사람을 살리는 말을 해주십시오 40
#009 설법하지 않고 설법하는 무설법 42
#010 말없이 훈훈한 말이 가득한 세상은 얼마나 고요하고도 아름다울까요 44
#011 말을 고르는 습관은 어른으로 성장하는 습관입니다 46
#012 욱, 확, 팍하지 마세요 48
#013 세 가지의 독을 다스려야 합니다 52
#014 줄탁동시와 같은 인연이 되세요 54
#015 마음 속 든든한 언덕 하나 만드세요 58
#016 사랑한다면 가엾게 여겨야 합니다 60

#017 진심을 다하는 사랑은 이루어집니다 62
#018 백 미터 가듯 하지 말고 십 리 길 가듯 하세요 66
#019 당신은 이미 부처입니다 70
#020 무엇이 채워져 있나요? 72
#021 어떤 세상을 꿈꾸고 계시나요? 74
#022 우리 더 가난해지기로 해요 76
#023 사람은 서로에게 기대어 하나로 합쳐지는 일입니다 78
#024 나를 낮춤으로써 복이 찾아옵니다 80
#025 차를 마음으로 마십시다 82
#026 그 사람에게서는 향기가 납니다 86
#027 천 개의 강에 달이 뜹니다 88
#028 꽃을 버려야 열매를 얻습니다 90
#029 정답은 간단하고 단순한 것에 있습니다 94
#030 빛나는 것들을 마음에 채워주세요 98
#031 행동에 아름다운 풍경이 있습니다 100
#032 선행은 내가 더 큰 이익을 보는 것입니다 102
#033 안 되는 사람은 늘 남의 탓을 합니다 104
#034 여러분만의 행복 철학을 만들어보세요 106
#035 죽음에 대해서 자꾸 이야기해 보아야 합니다 110
#036 마지막을 준비하는 마음으로 지금을 삽시다 112
#037 묘비명을 미리 적어봅니다 114

2장

사랑하지 못하는 것을 ——— 사랑한다는 것

#038 사랑하지 못하는 것을 사랑한다는 것 1 122

#039 사랑하지 못하는 것을 사랑한다는 것 2 126

#040 자신을 먼저 사랑해 주세요 128

#041 진리는 가장 가깝고 가장 낮은 곳에 있습니다 130

#042 나를 위한 기도를 먼저 하세요 134

#043 빈 몸뚱어리에 즐거움을 넣어주세요 136

#044 기적 같은 일들이 지천입니다 138

#045 응답해야 변화합니다 140

#046 삼 년 묵은 인삼보다 육 년 묵은 인삼이 더 나은 것처럼요 142

#047 빈 택시 법문을 해봅시다 145

#048 당신의 인생에 무엇을 건져 올리고 있나요 148

#049 진리를 찾아내는 일, 그리 어렵지 않습니다 150

#050 지금 생을 더 잘 사는 방법은 무엇일까요 152

#051 천천히 걸어가도 다 됩니다 155

#052 방향이 옳다면 노력하지 않을 이유가 없습니다 158

#053 그 일이 힘들 때마다 첫 마음을 떠올려보세요 162

#054 남의 죄를 밝힐 수 있는 조건이 있습니다 164

#055 예의를 지키려면 양말을 벗으라고요? 168

#056 얼굴이 좋아졌네요 172

#057 적당한 공주병 왕자병이 건강에 좋습니다 174

#058 산사에서 평등을 누려보세요 177

#059 행복의 온도는 몇 도일까요? 179

3장

놓지 못하는 것을 놓는다는 것

#060 행복은 버릴수록 채워집니다 186

#061 마음에도 두 개의 다리가 있습니다 190

#062 버리는 두려움을 이겨내세요 192

#063 오늘 하루도 잘 사셨습니까 194

#064 비질하는 것도 마음을 닦는 일입니다 196

#065 사랑이라는 기적이 찾아옵니다 198

#066 고민은 버리고 깨달음은 얻습니다 202

#067 마음먹기에 따라 달라지는 삶이 있습니다 204

#068 소중한 것을 잃어버리고서야 후회하면 늦습니다 207

#069 깨닫기까지는 수행이 필요합니다 210

#070 그래도 되는 세상이기를 바랍니다 213

#071 선한 마음이 시작됩니다 214

#072 나보다 당신이 먼저입니다 217

#073 속도보다는 방향이 중요합니다 219

#074 비워내다 보면 그릇에 아름다움이 담깁니다 221

#075 그 어느 곳도 쉼터가 됩니다 224

#076 마음의 여유는 돈으로 살 수 없습니다 226

#077 손안에 짐을 덜어내면 여행의 질이 달라집니다 229

#078 저녁은 내려놓으라고 있는 시간입니다 231

#079 어떤 생각이 여러분의 마음에 던져졌나요? 233

#080 지금 이 순간 행복을 만들어가는 것이 깨달음입니다 235

#081 세상 모든 사람들이 마음의 주인이 되기를 바랍니다 237

#082 당신은 어떤 그릇을 빚고 있나요? 239

#083 놓을 수 있는 용기가 필요합니다 241

#084 삶을 책임지는 것도 중요하지만 잘 쉬는 것도 중요합니다 243

4장

보지 못하는 것을 본다는 것

#085 보지 못하는 것을 본다는 것 2 250

#086 지금도 늦지 않았습니다 254

#087 이번 생을 잘 살아야 다음 생이 빛납니다 256

#088 기다림은 결국 스며들게 만듭니다 260

#089 100년이라는 세월도 하루가 모여야 가능합니다 262
#090 차근차근 나아가면 됩니다 264
#091 길을 만드는 건 스스로의 변화에서 시작됩니다 266
#092 즐거움은 내 안에서 찾아집니다 268
#093 나를 찾아내는 공식을 배우세요 269
#094 진짜 주인공은 누구일까요 272
#095 깨달음에 한 발짝 더 다가서는 방법이 있습니다 274
#096 그래도, 실패는 성공의 어머니입니다 276
#097 새 신을 신으면 발이 아픕니다 278
#098 꾸준함이 똑똑함입니다 281
#099 흐르는 마음을 붙잡는 것은 근본을 아는 것입니다 283
#100 여러분은 더 완벽한 끝을 만들 수 있을 겁니다 286
#101 천천히 쓰는 마음이 따뜻한 세상을 만들어냅니다 289
#102 까다로운 화초를 키워보십시오 292
#103 자연스럽게 찾아오고 자연스럽게 흘러갑니다 294
#104 감정을 놓칠 줄도 알아야 합니다 296
#105 가까운 사람이기에 더 섬세하게 대해야 합니다 298
#106 성공하는 간신과 실패하는 충신이 있습니다 301
#107 세상에는 두 가지 위엄이 있습니다 304
#108 쉼 쉬는 것조차 잊고 살지는 않는지요 306

1장.

말하지 못하는 것을 말한다는 것

주경 스님의 사랑의 아포리즘

#108

#001

듣지 못하는 것을 듣는다는 것

풀잎이 자라는 소리를 우리는 듣지 못합니다.
풀잎 아래 수많은 개미들이 먹이를 물고 이동하며
신이 나서 지르는 소리는 더더욱 듣지 못합니다.
가만히 귀 기울여 보면 이 세상에 들리는 소리보다
듣지 못하는 소리가 더 많습니다.

인간의 걸음으로 걸어서 4천 년이나 걸린다는 태양에서
내려오는 햇빛이 나의 어깨 위에 떨어지며 전해지는 말
분명히 전할 말이 있고 이유가 있으리라 생각합니다.

들어봅니다. 그 말들을.
바람이 스르륵 얼굴을 스치고 지나가며 하는 말
언젠가 이 거리 이 골목에 살았던 사람들이
서로 사랑하다 떠나며 아쉬워 남긴 애타던 말

그 듣지 못하는 것을 들어보려고 하는 사람의 마음은
차근히 자신을 들여다보며 세상을 바라보는
잔잔하고 아름다운 마음입니다.
어둠이 내려앉는 담벼락에 지쳐 앉아 있는 길고양이
먹을 것이 없는 겨울 한파에 새들이 하는 말

가난하고 지치고 힘든 존재들이
너무 외롭고 서럽고 아프고 괴롭고 억울해서
하지 못하는 사람들의 말

크고 강하고 긴 시간을 통해 말을 하는 사람들보다
들으려고 하는 사람들이 많은 세상은 얼마나 행복할까요.
진정으로 내 안에서 내가 하는 말
사람들이 차마 입 밖에 내지 못하고 마음에 담아두고
꺼내지 못한 말들

고요히 앉아 내 안에서 그리고
세상에서 건너오는 말

듣지 못하는 것을,
들리지 않는 것을,
들어보세요.

#002

보지 못하는 것을 본다는 것 1

금강경에는 수행을 통하여 도道를 이루어 가는 단계에는
다섯 가지의 눈이 있습니다.
먼저 사물의 형태나 빛깔을 구별하되
그 한계 안에서만 볼 수 있는 시각인 육안肉眼,

미래는 물론 죽음을 내다볼 수 있는
시간과 공간을 초월한 천안天眼,

현상의 집착을 버리고 우주의 진리를 밝게 보며
사물을 꿰뚫어 보는 지혜의 눈 혜안慧眼,

선과 악이 있고 없음을 초월하여
걸림으로부터 벗어난 법안法眼,

우주 만물 시방세계를 두루 자상하게 밝혀볼 수 있는

충만하여 부족함이 없는 부처님의 불안佛眼.

본래 인간에게는 이러한 다섯 가지 눈伍眼이 갖추어져 있는데
마음이 흐려지는 수많은 미혹 때문에
보지 못한다고 합니다.

이 다섯 가지의 눈으로 세상을 보아야 하는데
세상의 제도와 교육은 점점 이 눈들을 가립니다.
욕망과 욕심, 시기와 질투는 결국에 이 눈들을 멀게 합니다.

오직 겉으로 보이는 현상만 보는 눈.
고집과 탐욕으로 삐뚤어지게 보는 눈.
내면의 진실과 실체를 보지 못하고
보이는 대로 말하고 보이는 대로 판단하는, 즉물적인 눈.
종이 한 장만 가려져 있어도 일 센티 앞을 내다보지 못하는 눈.

보지 못하는 것을 본다는 것은
본래 있는 그대로를 보는 것입니다.
가까이 다가가 자세히 보고, 오래도록 지켜보고
보이는 상대의 입장에서 보는 것입니다.
깊은 관심과 사랑으로 보는 것입니다.

존재 그 자체가 지닌 아름다움, 맑음과 다정함과 꿈
풍경만이 아닌 그 이면의 시간, 고난, 아픔도 보는 것입니다.

아주 단순하고 쉽습니다. 연습해 보세요.
앞을 내다볼 줄 아는 눈, 만족한 눈,
분별할 줄 아는 안목을 가진 눈,
그리하여 집착과 차별을 떠난 진리의 눈.

#003

말하지 못하는 것을 말한다는 것

말하지 않아도 될 것을 너무 많이 말하는 세상입니다.
수많은 방송 매체, 소통 공간 그리고 유튜브가 활성화되면서
우리는 끊임없이 말을 생산해냅니다.
나쁜 말들이 넘쳐납니다.
없는 말까지도 만들어냅니다.

가짜뉴스가 생겨나고 소문이 퍼지고 부풀려지고
가짜 말이 진짜 말이 되는 세상
때로 우리는 그 말들을 즐깁니다.
만나서 정작 말해야 할 것들은 말하지 않고
뒷담화나 우스개 이야기, 즐길 거리가 되는 말만 합니다.

진심과 진짜 이야기가 없는 만남은

만나도 만나지 않는 것입니다.
이해와 소통이 없는 것입니다.
점점 진실이 사라진 세상이 되어가고
그리하여 우리는 서로서로 외로워집니다.
헛된 말이 많아질수록 내면은 더욱 허전하고 외로워집니다.
목이 마르고 가슴이 답답해집니다.

말하지 못하는 것을 말하는 가장 좋은 방법이 침묵입니다.
침묵은 단순히 말하지 않는 것이 아닙니다.
회피나 외면이 아니라 적극적인 표현의 한 모습입니다.
늘상 소음을 마주 대해야 하는 오늘날 침묵은 마치
무능력하거나 소극적이고 수동적인 것처럼 보이지만
침묵이야말로 진정한 말이고 충만함이고
깊은 울림이고 구체적인 표현입니다.

봄은 겨울에서 오는 것이 아니라 침묵으로부터 오고
또한 그 침묵으로부터 겨울과 여름 가을이 온다고
《침묵의 세계》 저자 막스 피카르트는 말했습니다.
그에게 침묵이란 말하지 못하는 것입니다.

침묵 속에 시간이 생기고 공간이 생겨나며
이심전심이 이루어지고 이해가 생기게 됩니다.

말이 절대적으로 보호되지 않는 곳에서
말하지 못하는 것을 진정 말하는 것은 무설無說입니다.
결국 그들이 말하지 못하는 것을 알아듣게 되는 것입니다.

백의관음무설설 白衣觀音無說說
남순동자불문문 南巡童子不聞聞
백의관음보살은 말씀 없이 말씀하시고
남순동자는 듣지 않고도 들으시네.

#004

알지 못하는 것을 안다는 것

기다림은 알지 못하는 것을 알게 해주는 힘이 있습니다.
늦더라도 천천히 가고 바쁘더라도 쉼을 마련해서 가는 삶은
알지 못했던 것을 알게 하는 마력이 있습니다.
천천히 갑시다.

한 5분 정도의 시간을 더하면 사탕의 단맛을 충분히 음미하며
찬찬히 녹여 먹으면 제맛을 즐길 수 있는데,
그 기다림이 지루하고 성급함을 이기지 못하고
으적으적 깨먹는 사람처럼 우리의 나날과 인생은 급하고
바쁜 마음에 허망하게 지나가 버리지 않는지요.

중생들의 삶이란
보면서도 보지 못하고

들으면서도 듣지 못하고
말하면서도 말하지 못하고
알면서도 알지 못하는 것입니다.

가까이 있으면서도 더 가까이 가지 못하고
겉은 보지만 속은 보지 못하고
말소리는 듣지만 그 뜻을 이해하지 못하고
말을 하면서도 진심을 담지 못하고
허깨비처럼 메마른 영혼으로 세상을 살아갑니다.

마음이 조급하고 여유가 없고
상황이 힘들고 어려울수록
중요한 것들이 보이지 않습니다.
보이는 것들에만 집착해 있지 말고
그럴수록 그 시각에서 빨리 벗어나서
지금 보이지 않는 것들, 보지 못하는 것들을 떠올려보세요.
무엇이 있을까요?

나를 묵묵히 기다려주고 후원해준 부모님처럼
나의 가능성을 발견하고 발탁해준 스승처럼
보지 못하는 것을 본다는 것은
나도 누군가를 손잡아 일으켜 세워줄 수 있고

앞으로 나아가게 해줄 수 있는, 끈이 되어준다는 것입니다.

이 세상에는 그런 눈들이 정말로 많이 필요합니다.
그 눈은 기다림에서 옵니다.
내 마음의 쉼에서 옵니다.

뒤를 되돌아보고 그 뒤와 앞을 내어주는
겨를이 있는 삶
보지 못하는 것을 본다는 삶.
그런 삶을 살아 봅시다.

나를 보지 못하면 남도 보지 못하는 것이고,
남을 알지 못하면 나도 알지 못하는 것이니
나를 알면 남도 알게 되고
세상도 알게 되고
알지 못하는 것을 알게 되면 비로소
제대로 살게 되는 것입니다.

#005

어른으로 사는 법

요즘 도반 스님들을 만나서 살아가는 이야기를 나누노라면
무척이나 공감되는 이야기가 있습니다.
"나이가 들수록 말을 줄이고 삼가야 하며
주머니는 열어서 베풀어야 한다"라는 말이 그것입니다.

누구나 그렇겠지만 산사에 사는 사람들도
윗사람의 잔소리는 듣기가 싫고,
베풀어주는 후한 인정은 반가운 것입니다.

출가한 지 어느새 오랜 세월이 흘러가다 보니
위로 모셔야 할 어른과 선배보다
가르치고 끌어주어야 할 후배들이 더 많아졌습니다.
처음 출가해서는 얼른 세월이 지났으면 했습니다.
그만큼의 경력을 가진 승려가 되고 싶었기 때문입니다.

이제는 거꾸로입니다.
그 세월만큼 싱그러운 젊음을 부러워하게 되었습니다.
힘들게 윗사람을 모시면서도 세월이 지나면
우리에게도 좋은 시절이 올 거라며 위안하던 시절이 있었습니다.
나중에 세월이 지나고 힘이 생기면
많이 편안해지고 여유가 생기리라 믿었습니다.
그리고 그런 게 당연한 일입니다.

아직까지는 위로 어른들을 더 잘 모셔야 하고,
아래로는 나이가 들어서 출가한 후배들 챙기기에
힘을 많이 써야 합니다.
게다가 주머니는 활짝 열고, 입은 꾹 닫아야 합니다.

이런 일이 비단 이 시대의 일만은 아닐 것입니다.
3천 년 전의 옛사람도 "요즘 젊은 사람들 걱정이다"라는
말을 했다 합니다.
그 시절에도 나이 든 사람에게 입은 닫고
주머니는 열라고 요구했을 법도 합니다.
하지만 어떻겠습니까. 주머니를 닫고 입을 열든지
입을 닫고 주머니를 열든지 다 자기 하기 나름이 아닐까 싶습니다.
자기만의 방식으로 소통해야 하는 것입니다.

#006

뒷이야기가 아름다운 사람이 되세요

잠깐 시간을 내어 뒤를 돌아보세요.
내가 걸어온 아니 살아온 길은 어떠한가요.
혹시 나만 앞서가려고 남을 넘어뜨리고 살지는 않았나요.
조금 더 많이 가지려고 남의 것을 빼앗거나 피해를 주지는 않았나요.

앞으로 가는 것보다 더 중요한 것은 뒤따라오는 것들입니다.
내가 살았던 시간, 만났던 사람들,
수많은 계획과 일과 사랑과 추억들, 친구들, 가족들….
이런 것들은 모두 뒤에 머물러 있습니다.
뒷이야기가 아름다운 사람들은
앞으로 살아가는 이야기들도 아름다워집니다.

내가 걸어온 걸음들을 정리하고
다시 앞으로 걸어보는 계기가 되는 시간을 가지시면 좋겠습니다.

한 사람의 걸음이 백 명, 천 명, 수천만 명의 길을
밝게 인도하기도 합니다.

지금 걸어가는 걸음을 바르고 정직하게 가십시오.
오늘 내가 하는 일이, 내가 가고 있는 길이
훗날 누군가에게 길잡이가 될 것이기 때문입니다.
당신이 걸어온 걸음을 뒤쫓아올 자녀들.
수많은 후배의 앞길에 남겨진 아름다운 발자국이 되십시오.
다른 누군가의 가슴에 지워지지 않을 사랑이 되십시오.

#007

침묵은 다른 이름의 소통입니다

절에서 가장 먼저 지켜야 할 예법이 바로 묵언입니다.
사찰에서 스님들은 묵언이 기본입니다.
말을 해도 귓속말로 살짝살짝 하거나
혹은 몸짓으로 눈짓으로 소통합니다.
물론 절에 와서 유난히 목소리가 커지는 분들도 있습니다.
남들이 모두 조용하니
자기라도 목소리를 높여야겠다고 생각한 것입니다.
하지만 그런 분들도 철이 들어가면서 조용해집니다.
수행이 깊지 않고 기도가 깊지 않고
아직 덜 익어 그랬던 것입니다.

덜 익은 사람이 시끄럽습니다.
말이 많으면 가볍고 불안해 보입니다.
말없이 고요한 사람은 푹 익은 것입니다.

기도가 깊어지고 수행이 깊어지면 조용해지는 법입니다.
어떤 이는 말을 많이 하는 것을 삶의 즐거움으로 삼습니다.
갖가지 다양한 표현과 비유를 들어 자신의 뜻을 표현합니다.
하지만 날마다 쏟아내는 수많은 말 중
사랑을 담은 말은 그리 많지 않습니다.

곰곰이 생각해 보세요.
우리가 얼마나 불필요한 말들로
하루하루를 채워 가고 있는지 말입니다.
침묵은 비워내는 일입니다.
비워낸 자리에 무해한 사랑의 마음이 채워질 때
진정한 대화가 가능해집니다.

#008

사람을 살리는 말을 해주십시오

구시화문 필가엄수口是禍門 必加嚴守

입은 불행을 부르는 문이니
반드시 엄하게 지키라는 말입니다.
말 한마디가 사람 마음에 독화살이 되어 박히는 법입니다.
말 한마디로 인해 원한을 맺고 원망을 사며,
누군가는 피눈물을 흘리기도 하는 것이지요.

그러니 한마디를 하더라도 사람을 위로하고
따뜻하게 품어주는 말을 해야 합니다.
잘되라고 하는 말인데
상대방은 귀에 딱지가 앉아서 듣기가 싫다면
무슨 소용이 있을까요?

정말 잘되기를 바란다면
그 사람이 들을 수 있는 말을 해주어야 합니다.
귀 기울일 수 있는 말로 표현해야 합니다.
마음 따로 말 따로라면 아무 소용이 없는 것입니다.
서로 소통이 안 되는 말은 진정한 말이라 할 수 없습니다.

진정한 말은 한마디, 한마디 생각하고 생각하며 건네는 것입니다.
상대를 먼저 살피고
상대의 감정을 헤치지 않을까 걱정하며
도움이 될 말을 전하는 것입니다.
입은 불행을 부르기도 하지만 배려와 진심을 담아
사랑을 표현하면 죽어가던 사람도 살릴 수 있습니다.
사람을 살리는 말을 해주십시오.

#009

설법하지 않고 설법하는 무설법

저는 '무설법'을 굉장히 좋아합니다.
하여 '말하지 않는 설법을 하는 곳'이라는 뜻이 담긴
'무설전無說殿'이라는 현판을 하나 더 만들었습니다.

가만히 생각해 볼 일입니다.
관세음보살님만 설법하지 않으면서 설법하시고
남순동자만 듣지 않으면서 듣는 것일까요?
물론 아닙니다.
많은 보살님들, 부처님들이 말하지 않는 데서 말씀하시고,
많은 제자들과 불자들 또한 듣지 않는 가운데 들으니 말입니다.

사람들은 일상생활 가운데서 끊임없이 무설설을 합니다.
그런데 설법이 아니라 잔소리인 경우가 많습니다.
말하지 않으면서도 잔소리를 하고

듣지 않으면서도 그 잔소리를 듣는 것입니다.

아내의 눈빛만 봐도
남편의 귀에는 벌써 아내의 잔소리가 들립니다.
엄마가 방문을 벌컥 여는 순간
아이들 귀에는 벌써 "어서 일어나라",
"밥 먹어라" 잔소리가 들립니다.
엄마가 입을 열지도 않았는데 말입니다.

사회에서도 이런 말을 종종 듣습니다.
"꼭 말로 해야 알아듣나?"
그것이 바로 무설설입니다.
말하지 않아도 상대방이 이미 다 알고 있을 것이라
믿는다는 뜻입니다.

눈빛만으로 열 번 백 번의 무설설을 하는 경우가 있습니다.
또 반복해서 듣는 경우도 있습니다.
그러니 설법하지 않는 설법은 관세음보살님만 하는 것이 아닙니다.
우리 모두가 알게 모르게 무설설하는 것입니다.

#010

말없이 훈훈한 말이 가득한 세상은 얼마나 고요하고도 아름다울까요

불법의 도리는 모든 세상에 다 고루 미칩니다.
다만 사랑을 향한, 행복을 향한,
그리고 세상의 화합과 이익을 위한 법문이냐,
아니면 사람들을 힘들게 하고 일을 지치게 하고
짜증스럽게 하기 위한 잔소리냐 하는 차이가 있을 뿐입니다.

안 그래도 힘겨운 세상살입니다.
내가 가장 사랑하는 내 곁의 사람들이
나의 눈빛에서 짜증과 불편을 느껴서야 되겠습니까.
불평과 불만을 들어서야 되겠습니까.

가만히 뒤돌아봅시다.
그리고 내가 그동안 안 좋은 무설설을 해왔다는 생각이 들거든,
이참에 좀 좋은 무설설로 바꾸어봅시다.

이제 우리 듣기 좋은 무설설을 합시다.
당신의 무설설을 들은 사람이 참 듣기 좋구나, 하고
고개를 끄덕일 수 있도록 말입니다.
저 사람이 나에게 축언을 건네고 있구나,
나 행복하라는 법문이구나, 하며
저절로 미소를 지을 수 있도록 말입니다.

가만히 되새겨봅시다.
쉼 없이 말하면서도 말하는 걸 몰랐던 것이 무얼까?
듣고 있는데도 듣지 못한 것은 또 무얼까?
생활이 전혀 달라질 것입니다.
이토록 무수한 것들을 말하지 않는 가운데 말하고,
듣지 않는 가운데 듣는다는 사실을 새삼 깨닫게 될 것입니다.
이것이야말로 우리의 귀가 밝아지는 길이고 마음이 넓어지는 길입니다.

상상해 봅시다.
누군가의 귓가로 흘러 들어간 당신의 소리 없는 말이
다시 아름다운 무설설이 되어
이심전심 또 다른 이의 마음으로 가닿는 모습을.
당신과 나 사이를 흐르는 공기가 좋은 무설설로 가득한 풍경을.
사랑이 지친 마음을 어루만지는 모습을.
말없이 훈훈한 말이 가득한 세상은 얼마나 고요하고도 아름다울까요?

#011

말을 고르는 습관은 어른으로 성장하는 습관입니다

말! 말! 말! 말이 넘쳐나는 세상입니다.
그 말들은 모두 어디서 어떻게 생겨나고
어디로 가는 것일까요?
살아가는 동안 우리는 얼마나 많은 말을 할까요?

사람은 누구나 말을 조심해야 합니다.
보이지는 않지만 말에는 엄청난 에너지가 있기 때문입니다.
그래서 방송인, 정치인, 종교인, 교육인 등
누군가에게 큰 영향을 미칠 수 있는 분들은
더욱 말을 조심해야 합니다.

그렇다면 무조건 말을 하지 않는 게 상책일까요?
말을 하지 않는 것이 옳은 것은 아닙니다.

하지 말아야 할 말을 내뱉는 것도 잘못이지만,
반드시 해야 할 말을 하지 않는 것도 잘못이기 때문입니다.
문제가 있는데도 못 본 척 그냥 넘어가거나,
분명 그릇된 일인데 알면서도 넘어가는 경우는
더 큰 문제를 초래할 수 있습니다.

우리는 말을 해야 할 때와 하지 말아야 할 때를
가릴 줄 알아야 합니다.
잠들기 전, 오늘 하루 나는 얼마나 많은 말을 했을까.
그 말이 꼭 필요했을까.
침묵해도 되지 않았을까.
혹은 마땅히 해야 할 말인데 하지 않은 건 아닌가.
내일 만나는 사람에게 어떤 말이 필요할지,
어떤 말은 하지 말아야 할지 한 번쯤 생각해 보시길 바랍니다.

#012

욱, 확, 팍하지 마세요

'욱'하는 게 무엇일까요?
속에서 불쑥 솟아오르는 게 '욱'하는 것입니다.
내면에서 '욱'하고 일어나는 것입니다.

욱하는 것을 넘어 그 화가 다른 사람에게 미치는 게 '확'입니다.
'확' 때리려고 손을 들거나 '확' 째려보는 것입니다.

'팍'은 나오는 것입니다.
'팍'해서 말을 해버린 것입니다.
다른 사람에게 욕을 하거나 흉을 보거나,
꿀밤을 때리는 게 팍입니다.
터져 나오는 것입니다.
이 단계를 잘 관리할 필요가 있습니다.
절대 '팍'하면 안 됩니다.

'팍'은 그릇이 깨지거나 텔레비전이 부서지는 소리입니다.
애써 마련한 것이 못 쓰게 되는 소리입니다.
내 마음이 부서지고 우리 신뢰가 부서지고
사랑이 부서지고 믿음이 부서지는 소리입니다.

'욱'할 때 꿀꺽 삼키면 수행이 잘됩니다.
'확'하는 것까지도 괜찮습니다.
물론 점점 줄여 나가야 하는 것이지만 말입니다.

과거에 지혜로운 며느리들은
시어머니가 밉거나 속상한 날에는 상추쌈을 준비했다고 합니다.
그러고는 시어머니와 마주한 밥상 앞에서
상추쌈을 크게 싸서 한 입 가득 넣고는 꼭꼭 씹는 것입니다.

드셔본 분들은 잘 알겠지만,
그런 모양새로 쌈을 씹자면 어쩔 수 없이
두 눈이 잔뜩 커지고 맙니다.
그렇게 슬쩍 두 눈을 부릅뜬 채 시어머니를 쏘아보면서
상추쌈을 꼭꼭 씹고 또 씹는 것입니다.

물론 상추쌈을 꿀떡 삼키면서
시어머니에 대한 서운한 마음도 함께 삼켰을 테지만 말입니다.

지혜로운 시어머니라면 상추쌈을 준비하는 며느리를 보면서
자신의 잘못을 돌아보았을 것입니다.
그렇게 서로 돌아보고 삭이면서
한 세월 무던히 살아냈을 것입니다.

길고 긴 인생길입니다.
날마다 좋을 수는 없습니다.
살다가 '욱'하는 마음이 슬며시 고개를 들거든
'확'하는 신호를 보냅시다.
절대 '팍'하는 상황까지 몰고 가지는 맙시다.
내 곁의 누군가가 '확'하는 신호를 보내거든 슬며시 받아줍시다.
너무 다그치지 맙시다.
서로 한 걸음씩 물러나 사랑으로 감싸 안아줍시다.
그러면 우리의 오늘은 훨씬 더 살 만해질 터이니.

#013

세 가지의 독을 다스려야 합니다

살아가면서 독이 되지 않도록 경계해야 할 것이 있으니
바로 탐욕과 분노와 어리석음입니다.
불교에서는 이를 일컬어 '삼독三毒'이라 합니다.
독에 중독되듯이 탐욕과 성냄,
어리석음에 중독되어 쓰고 아프고 슬프고
힘든 중생의 삶을 살아가게 된다는 것입니다.

탐욕은 욕심입니다.
욕심이 많아지면 술에 취한 것과 같아집니다.
과하면 알아보지 못하고 판단력도 흐려집니다.
탐욕은 술보다 더한 중독성을 갖습니다.
살림은 늘려서는 가도 줄여서는 못 간다 합니다.
큰 집에 살다가 작은 집에 살 수 없는 것도 같은 이치이죠.
사람들은 더 큰 곳으로 가려고, 더 많이 가지려고 애쓰고 또 애씁니다.

분노는 화입니다.
분기를 누르지 못하면,
말술을 마신 것처럼 판단이 흐려지는 법입니다.
눈에 보이지도, 귀에 들리지도 않아 죄를 저지르게 되는 것입니다.
화에 취하면 홧김에 무슨 짓을 하는지도 모릅니다.
지나고 나서야, '아, 이러지 말 것을' 하고
부질없는 후회를 하게 됩니다.

어리석음은 고집과 다르지 않습니다.
너도 죽고 나도 죽고 다 함께 망하자는 것입니다.
더 이상 말할 것도 없이 가장 나쁜 것입니다.

탐욕, 분노, 어리석음.
이 세 가지에 취하면 술에 취한 것과 같습니다.
지혜의 종자를 없애 버립니다.
사람들 대부분은 보통 때 부처님처럼 편안하고 자비로우며
보살님처럼 지혜롭고 자비롭습니다.
하지만 욕심이 일어나면 욕심꾸러기가 됩니다.
화를 내면 아귀처럼 무섭고 사나운 사람이 됩니다.
고집에 취하면 벽처럼 통하지 않는 사람이 됩니다.
지혜롭지 못한 독, 삼독에 중독되었기 때문이지요.

#014

줄탁동시와 같은 인연이 되세요

'줄탁동시啐啄同時'라는 말이 있습니다.
어미 닭과 병아리가 동시에 알을 깬다는 것으로
사제 간의 인연이 어느 기회를 맞아 더욱 두터워진다는 뜻입니다.

'줄'은 알 속에서 병아리가 나오기 전에 우는 소리,
힘쓰는 소리를 뜻합니다.
'탁'은 어미 닭이 알을 쪼아주는 행위입니다.
알 안에서 병아리가 나오려고 하고
어미 닭이 밖에서 쪼아주는 것이
동시에 일어나야 알이 쉽게 깨져
병아리가 순조롭게 밖으로 나올 수 있습니다.
안 그러면 병아리가 힘쓰다 지쳐 약하게 나옵니다.
어미 닭과 병아리가 궁합이 잘 맞아야 하는 것입니다.
안과 밖에서 함께해야 비로소 일이 이루어진다는 뜻이기도 합니다.

좋은 스승, 좋은 부모는 제자와 자식이 필요로 할 때
한 번 '탁' 쪼아줍니다.
그런데 둔한 스승, 둔한 부모는 필요할 때가 아니라
필요 없을 때 쪼아줍니다.
이는 지혜로운 것이 아닙니다.
우리는 지혜의 눈을 가질 필요가 있습니다.
내가 지금 몸부림을 하며 알에서 깨어나는 것처럼
수행의, 기도의 한 단계를 나아가야 하는데
누가 나를 도와줄 수 있을까요?

꼭 필요한 순간 탁 쪼아주는 어미와 같은 스승,
도반을 찾을 수 있는 안목이 있어야 합니다.
또한 설령 내가 부족하고 그리 뛰어나지 않다 하더라도
내 자식들이나 내 뒤에 오는 이들에게
어떻게 도움이 되어줄 수 있을까, 하는 마음을 지녀야 합니다.

'곤달걀'이라는 것이 있습니다.
닭이 알을 품는 과정에서 찬바람을 쐬거나 하면
알이 병아리로 완전히 자라나지 못한 채
성장을 멈추는데 이를 일컫습니다.
알을 품었으나 병아리가 되지 못한 것입니다.
용이 되지 못하고 이무기가 되듯이 말입니다.

사람 또한 마찬가지지지요.
좋은 스승을 만나지 못하거나 스승이 있어도
제대로 가르치지 못하면 곤달걀처럼 되어버리고 맙니다.
달걀도 아니고 병아리도 아닌 어정쩡한 상태로
썩어버리는 것입니다.

우리 주변에는 용이 되지 못한 이무기 같은 사람도 많지만,
병아리가 못된 곤달걀 같은 사람들도 많습니다.
수행하는 사람은 닭이 알을 품듯이 하라는 말씀이 있습니다.
닭이 알을 품을 때는 알이 절대 식지 않도록 합니다.
잠깐이더라도 자리를 비워 알이 식어 버리면 그것으로 끝입니다.
곯아버리고 마는 것입니다.

줄탁동시.
참으로 소중한 가르침이 아닐 수 없습니다.
내가 주변의 소중한 사람들과 '줄탁동시'의 참 좋은 인연을 맺고
있는지 알을 품는 어미 새의 마음으로 가만히 돌아볼 일입니다.

#015

마음 속 든든한 언덕 하나 만드세요

'스님들은 나이가 들어야 빛이 난다'라는 말이 있습니다.
나이가 들수록, 머리를 삭발한 지
오래될수록 더 빛이 난다는 것입니다.
하지만 요즘 불자들은
열반에 드신 훌륭한 스님들을 마음에 둘뿐
현시대를 함께 살아가며 수행하는 스님들에 대해서는 잘 모릅니다.

많은 불자들은 원효 스님 법문을 잘 알지 못하는 상태에서도
원효 스님을 존경한다고 자신 있게 말합니다.
그러나 "산은 산이요, 물은 물이다"라는
법문으로 유명한 성철 스님 외에는
이 시대를 함께 살아가는 스님들과의 인연은
그리 많지 않은 것 같습니다.

그래서 내가 고민하다 정리한 이론이 하나 있습니다.
바로 담임 스님을 두자는 것입니다.
초등학교, 중학교, 고등학교에 담임선생님이 있고
대학교에 지도교수가 있듯이 말입니다.
배움을 갖기 위해서는 지도하고 끌어주는 사람이 필수적입니다.

좋은 스님들과 생전에 좋은 인연을 맺어놓으면 참 좋습니다.
나도 예전에는 많은 스님들을 찾아뵙고 법문을 들었습니다.
처음엔 별거 아닌 줄 알았습니다.
그런데 그분들이 돌아가시고 나니
'생전에 한 번 더 찾아뵐 것을, 법문 한 마디 더 들을 것을'
하는 마음이 간절합니다.

스님들과 만났던 모든 순간이 지금도 얼마나 소중한지 모릅니다.
내게 얼마나 큰 힘이 되는지 모릅니다.
돌아보면 그분들과 마주했던 그 순간이
그야말로 내 생의 참 좋은 시절이었구나, 하는 생각이 절로 듭니다.

여러분도 든든한 언덕 하나 마음에 품고 살면 참 좋겠습니다.
의지할 수 있는 도반과 스승 곁에서 하루하루를 살아간다면,
그리해 언젠가 여러분도 누군가의 든든한 언덕이 되어줄 수 있다면
꽤 좋은 인생 아니겠습니까.

#016

사랑한다면 가엾게 여겨야 합니다

사랑한다는 것은 시도 때도 없이
마냥 미안한 마음이 드는 것입니다.
사랑은 연민입니다.
애처로움이고 안쓰러움입니다.

가만히 사랑을 바라보다 보면
괜스레 미안해지기 마련입니다.
더 잘해주고 싶기 때문입니다.
그들 때문에 편안해지고 미소가 절로 흘러나옵니다.
원망하는 마음을 품은 사랑을
어찌 사랑이라 할 수 있겠습니까.

남편 때문에 부인 때문에 머리가 아프고 아이들 때문에 힘들다면
당신의 삶은 도대체 무엇이란 말입니까.

자신들을 생각할 때마다 머리가 아프고
소화가 안 된다는 걸 알면 어느 남편이 어느 부인이 어느 자식이
행복하겠습니까.

사랑한다면, 진정으로 사랑한다면
그 마음이 상대를 촉촉하게 적시고 따뜻하게 품어야 합니다.
어떠한 상황에서도 온전히 감쌀 수 있어야 합니다.

사랑한다면,
그렇게 해야 합니다.

#017

진심을 다하는 사랑은 이루어집니다

저는 법당에서 아주 천천히 절을 합니다.
지난 30년간 단 한 번도 설렁설렁 대충 한 적이 없습니다.
손 모양 하나도 이마를 바닥에 대는 것도
반듯하게 배운 원칙대로 하려 애씁니다.
아무리 숨이 차도 절대 허투루 하지 않습니다.
이것이 기도하는 마음입니다.
수행하는 마음입니다.

비단 기도뿐만이 아닙니다.
무엇이든 설렁설렁하면 안 됩니다.
잘 이은 지붕은 비가 새지 않지요.
반면 설렁설렁 이은 지붕에서는 어김없이 빗방울이 떨어집니다.
경전도 기도도 설렁설렁하고 나면
결국에는 모두 빠져나가고 맙니다.

헛된 것이 되어 버립니다.

마음이 없는 사람은 수행도 기도도 할 수 없습니다.
결국 중요한 것은 마음입니다.
어떤 일에든 마음이 있어야 합니다.
사랑이 있어야 합니다.

빨리빨리 하는 것에는 사랑이 담기기 어렵습니다.
뭔가 허술하기 마련입니다.
결국에는 무엇인가 하나 빠지기 일쑤지요.
건설 현장에서 잔뼈가 굵은 분들은 아주 천천히 일합니다.
하지만 결국에는 일이 더 쉽고 빠르고 단단하게 진행됩니다.
넘치는 힘만 믿고 일을 서두르면 금세 지칩니다.
일이 허투루 되고 맙니다.
사랑이 담겨 있지 않은 일은 헛일입니다.
그 일을 도모하는 시간은 그야말로 헛시간이 되고 마는 것이지요.

저는 가끔씩 사람들에게 묻습니다.
“기도를 왜 합니까? 법문을 왜 외우시는 겁니까?”
사람들은 보통 이렇게 답합니다.
“건강하게 해달라고요, 돈 좀 벌게 해달라고요.”
그러면 저는 이렇게 말합니다.

"천천히 하세요."

절에 와서도 빨리빨리 기도하고 얼른 소원 빌고
후딱 절하고 가는 분들이 있습니다.
하지만 이것은 모두 헛일입니다.
우러나오지 않는 마음에는 아무것도 담기지 않는 까닭이지요.

법당에서 108배를 할 때도 마찬가지입니다.
오직 108번을 채우기 위한 절은 힘들고 마냥 길만 이어질 뿐입니다.
108번을 채우기 위해 빨리빨리 대충 한다면 괜히 몸만 축납니다.
절을 하면서 집에 돌아가 해야 할 일들을 마음에 담지 맙시다.
바쁜 걸음을 잠시 멈춥시다.

천천히. 천천히.
오직 절을 하는 지금 이 순간에만 집중합시다.
온 마음을 다해 사랑이 깃들 수 있도록 합시다.

#018

백 미터 가듯 하지 말고 십 리 길 가듯 하세요

매일매일 조금씩 해야 하는 일이 있습니다.
꾸준하게 해야 하는 일도 있기 마련입니다.
한데 게으른 사람은 꾀를 부려
한 번에 하려 하다가 주저앉아버립니다.
날마다 조금씩 나아가고 또 나아가야 하는데
그러지 못하는 것입니다.

수행도 똑같습니다.
살면서 평생 해야 할 수행의 양이 정해져 있는 것이 아닙니다.
한 번에 몰아서 며칠 분의 기도와 절을 할 수도 없거니와
나쁜 마음을 쓴 대로 선행을 베푼다고 해서
채울 수 있는 것도 아닙니다.
다만 날마다, 매 순간 나 자신을 들여다보고
부처에 가까워지려 정진해야 할 뿐입니다.

거액의 보시처럼 거창하거나
모두의 선망을 받는 선행처럼 화려하지는 않더라도
자신의 삶 안에서
날마다 조금씩 불자의 삶을 실현하고 살아가다 보면
어느새 큰 도를 이룬 자신을 발견하게 될 것입니다.

큰 산을 넘는 비법은 사실 그리 대단한 것이 아닙니다.
그저 한 걸음 한 걸음 꾸준히 내딛는 것뿐.
천 리 길도 한 걸음부터 간다고 했습니다.
아무리 먼 길도 한 걸음부터 가다 보면 다 가게 되어 있습니다.

저는 늘 말합니다.
"백 미터 가듯 하지 말고 십 리 길 가듯 하라"라고.
소가 걷듯이 뚜벅뚜벅, 호랑이가 걷듯이 어슬렁어슬렁.
그렇게 걷는 걸음은 지치지 않습니다.

수행자의 걸음을 일컬어 '우보호보'라 하지 않던가요.
그렇게 걸으면 백 리도 가고 천 리도 갈 수 있습니다.
온종일 걸어도 지치지 않을 수 있습니다.
그런 걸음으로 이 세상을 살다 보면 불법을 만나게 됩니다.
수행은 꾸준하게 평생을 걸어가는 길입니다.
그래서 일생을 살아가고

또 다음 생을 살아갈 수 있다는 그런 믿음을 가지면 됩니다.

편안한 마음.
그것이 중생들이 이익과 안락과 행복을 구하는,
사랑으로 나아가는 방법입니다.

#019

당신은 이미 부처입니다

저는 오늘도 부처님을 만났습니다.
무슨 말이냐고요?
꽃도 부처고 소나무도 부처라는 말입니다.
불교가 다른 종교와 구별되는 가장 큰 특징은 무엇일까요?

바로 부처님이 전지전능한 '신'이 아닌
우리와 같은 '인간'이었다는 점입니다.
여기에는 깊은 뜻이 담겨 있습니다.
바로 우리도 누구나 부처가 될 수 있다는 것이지요.

누구나 진리를 볼 수 있는 눈만 있다면 알게 될 것입니다.
나도 부처고 당신도 부처라는 사실을요.
그리고 이런 마음을 갖고 있다면
그 어떤 존재라도 사랑할 수밖에 없고,

자비를 베풀 수밖에 없습니다.

우리는 앞에 부처님이 있는데도 알아보지 못하고,
괜히 애먼 곳에서 깨달음을 얻으려 애쓰며
헤매고 있는 건 아닌가 싶습니다.
모든 것이 저마다 나름의 의미가 있고,
그것들은 사랑을 깨닫게 해줍니다.

저는 마른 땅을 적시는 봄비에서 생명력을 느끼고,
익어가는 곡식을 보며 삶의 겸손함을 느끼고,
떨어지는 낙엽에서 인생의 유한함을 느낍니다.
깨달음을 얻기 위해 안달복달 야단이 났나요?
그렇다면 일단 주변을 둘러보세요.
꽃을 관찰하고, 별을 보고, 바람을 느끼세요.
자연을 사랑하세요.
옆에 앉은 사람을 소중히 여기세요.
이 모든 게 사랑이라는 사실을 깨달았다면
당신은 이미 부처입니다.

#020

무엇이 채워져 있나요?

눈앞에 보이는데 실제로는 없는 것.
다시 말해 눈앞에 없는 것이 있는 것처럼
보이는 것을 환영幻影이라고 합니다.
세상에는 그러한 것들이 참 많습니다.

저 하늘에 두둥실 떠서 물속에 비친 아름다운 달빛은
어디서 온 것일까요?
본래 달에는 빛이 없다고 합니다.
해를 반사한 빛이 '달빛'처럼 느껴지는 것이지요.

하늘을 아름답게 수놓는 별빛 또한 마찬가지입니다.
스스로 발광하는 별도 있지만
스스로 빛나지 못하는 별도 있습니다.
달처럼 해를 반사시킨 빛을 별빛이라 착각하는 것이지요.

이처럼 우리는 실제로 존재하지 않는 것들을 바라보며
착각에 빠지기도 합니다.

지금 우리는 확실히 이 세계에 존재하고 있는 것일까요,
없는 것일까요?
우리가 얻고자 하는 물질적인 부와 명예는 의미 있는 것일까요,
없는 것일까요?

달빛처럼 눈에는 보이지만 손에 잡히지 않고,
느껴지지만 존재한다고 확실히 증명할 수 없는 것들이 꽤 많습니다.
눈에 보이는 모든 것을 믿을 수 없는 것이 인생이라 했던가요.
육체의 눈 말고 마음의 눈으로
세상을 바라보는 연습이 더 필요한 때입니다.
양동이 가득 떠낸 것이 물인지 달빛인지 생각해 보시기 바랍니다.

#021

어떤 세상을 꿈꾸고 계시나요?

수많은 사람들 가운데 섞여 있어도
사랑에 빠진 사람과 실연을 겪은 사람은 단번에 알 수 있습니다.
사랑에 빠진 사람의 얼굴에선 미소가 떠나질 않습니다.
온 세상이 온통 꽃밭입니다.
모두가 나의 연인처럼 아름답고 향기롭고 달콤합니다.
모두에게 나의 연인처럼 다정하고 따뜻하고 어여쁘게 대합니다.

하지만 이별의 슬픔에 빠진 사람은
낯빛이 어둡고 우울해 보입니다.
실연을 당한 사람에게 세상은 온통 암흑과 같습니다.
모두가 나의 마음처럼 어둡고 쓸쓸하고 적막합니다.
모두에게 나의 고통만큼 모질고 냉정하게 대합니다.

사실 사랑에 빠졌을 때나 이별했을 때나

세상은 변하지 않고 그 모습 그대로인데도 말입니다.
움직인 것은 구름이지 하늘이 아닙니다.
변한 것은 세상이 아니라 바로 우리 자신인 것입니다.
세상은 절대 변함이 없습니다.

본래 없는 기쁨과 슬픔을 어디에서 찾으려 합니까?
왜 허망한 일에 탓하고 슬퍼하고 좌절합니까?
꽃은 그저 꽃일 뿐입니다.
꽃이 피고 지는 것은 자연의 이치요, 순리입니다.
새는 그저 제 목소리를 내는 것일 뿐이고요.
보는 사람이 웃으면 웃는 것처럼 보이고,
듣는 사람이 울면 우는 것처럼 들리는 것입니다.
그러니 내가 웃으면 온 세상이 웃고
내가 울면 온 세상이 웁니다.
여러분은 어떤 세상에서 사시겠습니까?
어떤 세상을 꿈꾸고 계시나요?

#022

우리 더 가난해지기로 해요

무척 가난하다는 것을 표현할 때,
우리는 흔히 '송곳 하나 꽂을 땅도 없다'라고 말합니다.
이 말은 중국 향엄선사의 시에서 유래되었습니다.
저는 많은 사람들에게 '가난하기'를 권합니다.

무슨 말이냐고요?
생존을 위협하도록 빈곤하게 살라는 말은 결코 아닙니다.
다만, 필요 없는 것을 욕심내지 말라는 것입니다.
가진 것을 최소한으로 줄이고,
이미 가지고 있는 것에 감사하는 마음을 가지라는 것이지요.

수행자에게 가난함과 청빈함은 당연한 것입니다.
그래서 저는 향엄선사가 말하는 가난을
'마음의 애착이 없는 상태'라고 이해했습니다.

금년이 작년보다 더 가난하다는 것은
그만큼 버리고 또 버렸다는 뜻일 겁니다.

송곳 하나 꽂을 땅도 없을 만큼 가난하다는 것은
마음에 물욕이 들어와 머무를 자리가 전혀 없다는 것이고요.
인간의 욕망에는 끝이 없습니다.
원하면 원할수록, 욕심내면 낼수록 점점 더 커집니다.
그렇기 때문에 저는 '자발적 가난'을 실천하라고 말합니다.
삶의 속도를 늦추고 쓸데없는 것은 과감히 덜어내고 버려보세요.
마음은 더없이 편안해지고 풍요로워집니다.

지금 여러분의 삶은 어떻습니까.
작년보다 올해 더 가난해지셨나요?

#023

사람은 서로에게 기대어 하나로 합쳐지는 일입니다

사람 인人에는
사람은 서로 기대어야 살아갈 수 있다는 뜻이 담겨 있습니다.
허나 어찌 사람뿐이겠습니까.
있고 없고, 가득하고 텅 비고, 진실되고 속된
모든 것들 또한 그러합니다.

전혀 다른 것만 같아도
우리는 서로가 있어야만 비로소 의미가 있습니다.
상대가 있어야만 비로소 존재합니다.
든 자리가 있어야 난 자리도 알아챌 수 있는 법이니까요.
가득해야 텅 비워낼 수도 있으니까요.
하지만 서로 다른 둘이 기대며 살아가는 일이 쉽기만 하겠습니까.

너무 다르면 서로 싫어하고, 외면하고,
급기야 헤어지는 것이 세상일인 것을요.
중요한 것은 진실한 뜻입니다.
진실한 뜻이 담겨 있어야만
서로 다른 둘은 하나가 될 수 있습니다.
서로가 서로를 빛나게 할 수 있습니다.
그리해 모두가 아름다울 수 있습니다.

이 세상을 좀 더 살만 한 곳으로 만드는 일은
멀리에 있지 않습니다.
주변이 어둡다 싶으면
내가 촛불 두어 개 더 켜면 되는 것입니다.
마음에 미움이 자라난다 싶으면
사랑하는 마음에 좀 더 물을 주면 되는 것입니다.
배가 좀 든든하다 싶으면 허기진 누군가에게
따뜻한 밥 한 그릇 내어주면 되는 것입니다.

사랑하고 미워하고, 웃고 울고,
너무나도 다른 당신과 나도 결국 하나입니다.
세상에서 가장 아름다운 하나입니다.
이를 잊어서는 안 되는 것이지요.
경쟁과 다툼 속에서 자꾸 잊어서는 안 되는 것이지요.

#024

나를 낮춤으로써 복이 찾아옵니다

스님들 중에는
고개가 약간 앞으로 숙여져 있는 분들이 있습니다.
저는 이것을 일종의 직업병이라고 생각합니다.
시선을 내리는 수행과 사람들 앞에서 자신을 낮추는 것이
습관적으로 몸에 배어 있는 분들이 많기 때문입니다.

저는 여기에서 '하심下心'을 봅니다.
이처럼 참된 수행의 마음을 지니려면 하심을 해야 합니다.
자신을 낮추고 다른 사람을 높이는 마음이 있어야 합니다.
불교에서는 마음을 아래로 내리는 하심이
수행의 첫걸음이고, 수행자의 가장 중요한 덕목이기도 합니다.

영어로 '이해'를 뜻하는 'Understand'는
'Under아래'에 'stand서 있다'로 이루어져 있습니다.

이건 아마 상대보다 자신을 낮추는 마음을 가질 때에야
진정으로 상대를 이해할 수 있다는 뜻이 아닐까 생각합니다.

인도에서는 누군가를 만나면 두 손을 합장하며
"나마스떼Namaste"라고 인사합니다.
나마스떼의 뜻은 '나는 당신을 믿고 존중합니다'
'당신 안에 머무는 신에게 경의를 표합니다'는 뜻입니다.
만나자마자 당신에게 경의를 표하고
당신의 신에게 절을 하며
당신 속으로 들어간다는 것이지요.
이런 마음에는 차별이 존재할 수 없습니다.
나와 남을 차별하지 맙시다.
항상 겸허합시다.

알수록 낮추어야 합니다.
그것은 결국 인품, 품격을 말해주기 때문입니다.
우주는 간절히 원하는 사람만 돕는 것이 아닙니다.
먼저 하세요, 먼저 가세요, 먼저 가지세요, 하며
양보하는 사람도 보살핍니다.
'버리면 얻는다'라는 말처럼 나누어주면 돌아옵니다.
그것이 나와 남을 차별하지 않고,
스스로를 낮출 줄 아는 자에게 돌아오는 복입니다.

#025

차를 마음으로 마십시다

템플스테이를 다녀간 작가 부부가 직접 그린 그림을
한 점 보내왔습니다.
얼마나 정성껏 포장을 했는지
포장을 뜯으면서도 충분히 그 마음을 느낄 수 있을 정도였습니다

연한 노랑이 느껴지는 한지 재질의 바탕에
붓으로 받침도 없는 단순한 찻잔 3개를 그린 그림이었지요.
첫째 잔에는 '향으로 마시는 차',
둘째 잔에는 '맛으로 마시는 차',
셋째 잔은 '마음으로 마시는 차'라고 쓰여 있었습니다.

그 글들은 10년 가까운 시간 동안 템플스테이 다담茶談 시간에
제가 늘 하는 말이라서 더욱 반가웠습니다.
특히 세 번째 잔에 담긴 '마음으로 마시는 차'를 나눌 때는

질문을 던집니다.
"마음으로 마시는 차는 어떤 차라고 생각하십니까?"

때로 절에서 나누어 줄 수 있는 몇 가지 상품을 걸기도 합니다.
사람들이 상품에 자극을 받아 한 마디씩 던지지만
원하는 답은 거의 나오지 않습니다.
다시 묻습니다.
"여러분 지금 마음이 어떻습니까?
지금 그 마음이 여러분이 마신 마음의 차의 맛입니다."

즐겁고 기쁜 마음으로 마신 차는 '즐겁고 기쁜 마음의 차'이고,
지루하고 따분한 마음으로 마셨다면
'지루하고 따분한 마음의 차'입니다.
같은 식탁에 앉아서 같은 음식을 먹어도
어떤 사람은 몸도 마음도 즐겁고 건강한데,
어떤 사람은 속이 불편하고 마음도 편치 않은 경우가 있지요.
음식이 달라서가 아니라 바로 그 마음이 달라서 생기는 현상입니다.

잠깐 스치는 한 가지 생각과 한마디 말에서
복이 생겨나기도 하고, 복이 사라지기도 합니다.
미움과 분노의 한 생각과 한마디 말이
산더미 같은 복을 태우기도 하고,

사랑이 담긴 생각과 따뜻한 말 한마디가
얼음장 같은 원한과 미움을 녹이기도 하는 것이지요.
세상을 살면서 만족할 만한 행운이나 행복을 복이라고 합니다.

복이 있네, 없네 하며 세상 타령을 할 것이 아니라
순간순간 나의 생각과 나의 선택이
나의 복인 줄 알아야 할 것입니다.
진정한 복을 가져다줄 선택과 생각이 되도록
말 한마디, 마음 한순간 소중히 써야 합니다.

#026

그 사람에게서는 향기가 납니다

사실 사람에게 가장 친숙하면서도 예민한 냄새는
삶의 냄새일 것입니다.
바람결에 실려오는 향긋한 꽃향기도 좋고
해변의 싱그러운 바다 냄새도 좋습니다.

하지만 아무리 자연의 냄새가 좋다 해도
어린아이의 풋풋한 살 냄새와 어머니의 품에서 느꼈던
아늑하고도 편안한 냄새만큼 마음을 따뜻하고
부드럽게 해주지는 못할 것입니다.

어떤 사람은 아버지의 몸에서 풍겨나던 땀 냄새와 약주 냄새,
그리고 담배 냄새조차 좋았고 지금도 그립다고 합니다.
솔직하고 소박한 삶을 사는 사람들의 냄새는
세상을 향기롭게 만드는 힘이 있습니다.

거짓과 위선으로, 가식과 허세로 고급스럽고
부유한 것 같은 냄새를 피우는 사람이 득세하는 것 같아도
세상은 진솔한 사람들의 은근한 향기로 인해서 아름다운 것입니다.
아름다운 사람에게서는 꾸미지 않아도 좋은 향이 납니다.

#027

천 개의 강에 달이 뜹니다

누구든 달을 바라볼 수 있다는 것은
삶의 커다란 축복입니다.
고요한 침묵에 잠긴 어두운 밤에는
홀로 달을 바라보게 됩니다.

함께하는 동행이 있어도
달을 바라보며 떠들거나 하지 않습니다.
그 순간은 함께 바라보고 있어도 혼자입니다.
달빛에 스치는 구름도 좋고 바람도 좋습니다.
달에 새겨보는 과거의 아련한 추억도 좋고
미래에 대한 벅찬 희망도 좋습니다.
노래 가사에 나오는 은하수의 떠가는 달과
그 안의 계수나무와 토끼를 상상해도 좋을 것입니다.

달을 바라보면 행복해지는 것이
이 땅에 사는 사람들의 보편적인 성품입니다.
세상 사람들이 부르는 소리를 보듯이 듣고,
천 개의 손으로 도움의 손길을 내민다는
관세음보살도 천 개의 달에 비유됩니다.

하늘에 두둥실 뜬 둥근 달은 사람과 종교에 관계없이
언제나 마음의 고향이고, 의지처며, 사랑이 되어줍니다.
언제나처럼 천 개의 강에 밝은 달이 떠오를 때
같은 시간에 그 달을 보는 사람들의 마음에도
밝은 달빛이 비칠 것입니다.
그 아름다움을 즐기시길 바랍니다.

#028

꽃을 버려야 열매를 얻습니다

어느 날, 한 농부와 대화를 나누며 길을 걷고 있었습니다.
마침 노란 감꽃이 흐드러지게 핀 감나무 한 그루가
눈에 들어왔습니다.
저도 모르게 흐뭇한 미소를 지으며 물었습니다.
"와, 감꽃이 정말 예쁘지요?"
그러자 농부가 무심하게 고개를 끄덕였습니다.
"네, 꽃이 잘 핀 걸 보니 감이 알차게 열겠네요."

다른 꽃나무들도 마찬가지입니다.
농부의 눈에 비치는 꽃은
열매를 맺기 위한 과정에 지나지 않습니다.
물론 농부도 꽃의 아름다움을 알고 즐기기도 합니다.
그러나 농부는 알고 있습니다.
꽃이 져야 비로소 열매를 맺는다는 사실을 말입니다.

농부는 결코 꽃 자체의 아름다움에 집착하지 않습니다.
꽃이 아무리 예쁘고 곱더라도
열매를 맺지 않는 꽃나무에는 큰 관심을 두지 않습니다.

자세히 들여다보면 열매를 맺지 않는 꽃나무는 없습니다.
사람들에게 소용이 안 될 뿐
저마다 나름의 열매를 맺어 씨앗을 만들어냅니다.
어떤 꽃나무든 꽃을 버려서 열매를 맺습니다.

꽃이 아름다움을 버려서 열매를 맺듯이
부모는 건강과 젊음을 자양분으로 자식을 낳아 키우고,
스승은 자신의 경험과 지식을 모두 전해주어서
제자를 길러야 합니다.
나의 젊음과 자유에 집착해서 결혼과 출산을 포기하거나,
나와 경쟁 상대가 될까 두려워
제자에게 모든 것을 전하지 않는 스승이 있다면
참으로 바보스러운 일입니다.

지금, 우리 시대에는 꽃을 버리지 못한 나무와
강을 버리지 못한 강물이 너무 많은 것 같습니다.
개인의 선택과 자유라는 근사한 명분 아래 순리를 잊고
우주의 질서에 역행하는 삶을 살면서

스스로 즐겁고 만족한다고들 주장합니다.
하지만 더욱 새롭고 아름다운 것을 얻기 위해서는
기존의 아름다움을 버려야 합니다.

머물러 있는 것, 정지되어 있는 젊음과 아름다움은
진정한 아름다움이 아닙니다.
표면적 아름다움과 자유라는 허상의 꽃에 얽매여
세월과 함께 나이 들어가는 자연스러운 삶의 질서와
진정한 아름다움을 외면하는 어리석음에
빠지지 않아야 할 것입니다.

#029

정답은 간단하고 단순한 것에 있습니다

불교의 목적이 무엇일까요?
보통은 깨달음에 있고 성불에 있고
또 극락왕생에 있다고 합니다.
그런데 그것이 목적일까요?
저는 그렇게 생각하지 않습니다.

모든 사람은 죽습니다.
생명이 있는 것은 다 죽습니다.
생명 없는 것은 소멸되어 사라집니다.
세상의 법칙이 그렇습니다.
즉 생로병사인 것입니다.

그러면 우리가 다 죽게 되니 죽는 게 삶의 목적일까요?
모든 생명은 결국 죽게 되어 있습니다.

그저 죽음에 이르게 되는 것입니다.
하니 죽는 것은 삶의 목적이 아닙니다.
그저 도달할 뿐입니다.

불교 수행의 목적은 깨달음이라고 이야기합니다.
우리는 불교 수행을 해서 깨달음에 이르게 될 뿐,
깨달음 자체가 목적은 아닙니다.
도달하는 곳에 방점을 찍어야 됩니다.

해탈하게 되고 성불하게 되는 것은
수행의 결과 도달하는 목적지인 것입니다.
그 자체를 목적이라고 하면 좀 오해가 있을 것 같습니다.

불교의 목적은 안락과 행복입니다.
안락과 행복을 잘 갖춘 상태를 해탈이라고 하고
성불이라고 하고 깨달음이라고 하는 것입니다.

그래서 순간마다, 날마다, 달마다, 해마다
행복하고 즐거워야 합니다.
그것이 불교의 목적입니다.

부처의 눈으로 보면 모두가 부처라 하지 않던가요.

부처님의 눈으로 세상을 바라보아야 합니다.
사랑의 마음을 가져야 합니다.
부족함을 탓하면 안 됩니다.
미워하면 안 되고 그저 가엾게 여겨야 합니다.
따뜻하게 품어야 합니다.
더 많은 사람들의 행복과 안락을 위해 반드시 그리해야 합니다.

#030

빛나는 것들을 마음에 채워주세요

출가한 스님들이 가장 많이 받는 질문은
아마도 "왜 출가를 결심하게 되셨나요?"가 아닐까 합니다.
대부분의 신도가 스님에게
한 번쯤 물어보고 싶은 질문이겠지요.
불교 신자가 아니라도,
속세와 인연을 끊고 머리를 깎은 종교인을
궁금한 눈으로 바라보는 분들을 많이 만났습니다.

저마다 출가를 선택한 이유가 있겠지만,
불가의 길을 걷는 스님들은 대부분 한뜻을 품고 있습니다.
끊임없이 수행하고 도를 닦아 깨달음을 얻는 것,
그리고 그 깨달음을 통해 중생들이
윤회에서 벗어날 수 있도록 돕는 것입니다.
아무리 하찮은 것도 귀하게 여기고

그 가치를 알아보는 사람이 있다면
그건 바로 도를 닦고 행하는 사람일 것입니다.

부처의 눈에는 부처만 보인다고 하지요.
삶의 의미는 하나하나 곱씹어 봐야
참된 뜻을 이해할 수 있습니다.
모두 삶 속에서 바가지 안에
달을 건져 올릴 수 있는 마음을 가지시길 바랍니다.
빛나는 순간은 그렇게 찾아집니다.

#031

행동에 아름다운 풍경이 있습니다

제가 머물며 가꾸던
서산 부석사의 풍경이 떠오릅니다.
많은 절들이 높은 산중에 있듯 서산 부석사도 그랬습니다.

절 마당 앞에 서 바라보면
서산 먼 앞 바다가 절보다 높이 올라와 있는 것처럼
보일 때가 있습니다.
저는 그 바닷물을 쓸지 않았습니다.

안개가 자욱한 날은
정말 절이 구름 속에 들어 있는 것 같았습니다.
그 구름을 쓸지 않았습니다.

손님이 찾아오면 함께 불경처럼

바닷물 소리를 듣고 구름 속을 거닐기도 했습니다.
구름이 모든 것을 감추어 사라진 듯했지만
절도 저도 늘 그 자리에 있었습니다.
저도 구름을 쓸지 않았고, 구름도 저를 쓸어가지 않았습니다.

저는 사람들에게 일주일에 한 번씩은 아니더라도
한 달에 한 번씩은 산중에 있는 가까운 절을 찾으라고 말합니다.
미움과 분노와 화로 가득 찬 세상입니다.
살수록 어렵고 힘들다고 말하는 세상입니다.
그래서 힐링이 필요한 시대입니다.
절에 가면 누가 가르쳐주지 않아도 저절로 편안해져서 돌아옵니다.
기와지붕 처마 끝에 매달린 풍경風磬 소리만 들어도
마음이 편해지고 머리가 맑아집니다.

자연 속의 고요함, 자연과 어우러진 산사와
그 속에 깃들어 사는 스님들의 소박한 삶,
그것들을 가슴에 담아와 한 달 동안 쓸지 않고 간직해 보세요.
간직하기만 해도 행동에 풍경이 절로 묻어날 것입니다.

#032

선행은 내가 더 큰 이익을 보는 것입니다

'선善'에는 잘한다, 좋게 한다는 뜻도 담겨 있습니다.
잘 행동하는 것이 바로 선행입니다.
남은 조금 손해 보고 나는 조금 이익 보는 행동이
악행인 것 같지만 절대 그렇지 않습니다.

내가 남의 것을 훔치면 아무리 작은 것이라도
마음속에 죄책감이 자리 잡습니다.
작은 일에도 가슴이 덜컥 내려앉는 것이지요.
신발 안에 모래알 하나만 들어가도 발이 불편한 법입니다.
조금만 움직여도 발가락이 까지고
발바닥이 배기기 마련인 것이지요.

악행이란 그런 것입니다.
악행을 지으면 아무리 작더라도 나의 인생을 불편하고

힘들게 만듭니다.
신발 안에 들어간 모래알은
신발을 거꾸로 해 탈탈 털어서 빼내야 합니다.
내가 지은 악행도 반드시 참회하고 용서를 받아야 합니다.
아니면 신발 안에 들어 있는 작은 돌처럼
나를 늘 불편하게 만들 것입니다.

선행은 남을 조금 도와주고 내가 크게 이익 보는 것이며
큰 공덕을 짓는 것입니다.
악행은 내가 조금 이익 보고 크게 손해 보는 것이며
자신에게 크게 나쁜 일을 하는 것입니다.
이것이 바로 불교의, 부처님의 가르침입니다.
이를 머리로만, 생각으로만 알아서는 절대 안 됩니다.
사무치게 알아야 합니다.
절절히 몸에 배도록 해야 합니다.

#033

안 되는 사람은 늘 남의 탓을 합니다

모든 것은 나에게 달렸습니다.
나한테 주도권이 있다는 말입니다.
그럼에도 불구하고 무엇이든 남의 탓을 하는 사람이 많습니다.
부모가 기회를 마련해 주지 않아서 공부를 못했다 탓하고,
배우자가 대접을 제대로 안 해준다 탓하고,
자식이 무시한다 탓합니다.
하지만 진정으로 잘 살아가는 사람은 절대 남의 탓을 하지 않습니다.
어떠한 상황에서도 내 자리를 만들어나갑니다.

안 되는 사람은 늘 남의 탓을 합니다.
친정 부모 탓, 시부모 탓, 남편 탓,
부인 탓, 자식 탓, 친구 탓을 멈추지 않습니다.
심지어 옆집 사람 때문에 내 인생이 꼬였다고도 말합니다.
남의 탓을 하면 끝이 없습니다.

모든 것의 중심은 나입니다.
무엇이든 나 하기에 달린 것입니다.
그것이 바로 불교의 업설입니다.
모두가 네 탓이라 말하는 세상에서는 어떠한 답도 찾을 수 없습니다.
남의 탓만 하는 어른은 진정한 어른이 아닙니다.

답답한 마음에 남의 탓을 하고는 있지만 우리는 알고 있습니다.
아무리 마음에 들지 않더라도
나를 둘러싼 세상을 통째로 바꿀 수 있는 방법은
존재하지 않는다는 사실을 말입니다.

세상 모두를 바꾸는 것보다는
나 하나가 바뀌는 편이 훨씬 수월합니다.
효과도 훨씬 큽니다.
타인을 바꾸고 싶으면 내가 바뀌어야 합니다.
몸으로 행동으로 그리해야 합니다.

내가 먼저 바뀌어야 남편이, 아내가, 부모가, 자식이 바뀝니다.
자식이 책을 읽기를 바라거든 부모가 먼저 책을 읽어야 합니다.
가만히 앉아서 남의 탓할 것 없습니다.
우선 나부터 탓하며 내 방향성을 점검합시다.

#034

여러분만의 행복 철학을 만들어보세요

많은 사람들이 인사를 할 때
서로의 안녕과 행운을 빌어주곤 합니다.
행운을 축원하는 가장 일반적인 내용이
건강과 물질적 풍요이지요.
그래서 해가 바뀌면 "건강하세요",
"백 살까지 사세요" 또는 "하시는 일 잘되기 바랍니다"라거나
"사업 번창하세요" 정도로 두루뭉술하고
무난한 인사를 나누곤 합니다.

그런데 언제부터인가 우리 사회에서 행복을 빌어주는
가장 대표적인 말이 "부자 되세요"가 된 것 같습니다.
아마 어느 기업의 광고에서 처음 시작된 것으로 보이는,
이 "부자 되세요"라는 말은 우리 사회의 행복의 기준이
어디에 있는지를 분명하게 보여줍니다.

부자라야 행복하고 부자가 아니면 안 된다는 생각이
팽배해 있는 것이지요.

그래서 그럴까요?
이제는 많은 사람이 소망을 이야기할 때
경제 회복을 1순위로 말합니다.
가족의 사랑과 화합, 나눔, 우정,
봉사, 미래에 대한 꿈같은 다른 가치에 우선해서
물질적 풍요를 누리고 싶은 생각이 가장 강하게 표출되는 것입니다.

행복은 성적순이 아니라고 주장하는 학생들처럼
부의 정도가 결코 행복과 비례하지 않는다는 것은
누구나 알고 있는 진실일 것입니다.
그럼에도 불구하고 학생들은 성적으로부터 자유롭지 못하고,
어른들은 재산의 많고 적음에 집착합니다.
삶과 인생에 대한 바른 철학과 신념을 갖지 못했기 때문에
이런 마음들이 생겨납니다.

이유도 목적도 잃어버리고 돈과 부에 집착해서는
결코 행복할 수 없음을 알아야 합니다.
그래서 힘들어도 지금 이 순간 이 여정이 행복이어야 합니다.
그것을 행복으로 환원시킬 수 없다면

미래도 행복하지 않을 것입니다.

이 순간 이 글을 읽는 분들께
"지금 행복하십니까?"라고 묻고 싶습니다.
당신이 이 질문에 선뜻 그렇다고 대답할 수 없다면,
자신만의 행복의 기준이 무엇인지 고민해 보고
스스로 답을 만들어보십시오.
이 기회를 빌어 여러분의 행복 철학을 만들어보기를 바랍니다.

#035

죽음에 대해서 자꾸 이야기해 보아야 합니다

빈손으로 왔다가 빈손으로 가는 것이
인생이라고 합니다.
태어나는 것은 하나의 조각구름이 생겨나는 것과 같고,
죽는 것은 그 조각구름이 사라지는 것처럼 허망합니다.
인생이 허망한 줄은 누구나 알지만
그래도 죽음을 맞이하는 마지막 순간에는 미련을
차마 버리지 못하는 것이 또한 인생입니다.

삶과 죽음은 둘이 아닙니다.
생명은 죽음을 담보로 살아가는 것이고
죽음 이후에는 또 새로운 삶이 이어집니다.
사람을 비롯한 모든 생명에게 있어서
죽음의 문제만큼 당연하고
자연스러운 일이 따로 없습니다.

그런데 우리 사회는 죽음의 영역을
우리의 삶의 공간과 분리시켜
점점 한쪽으로 몰고 있는 것 같습니다.

심지어 장례식장도 안 되고,
화장터도 안 된다고 전국 곳곳에서 반대 시위가 벌어집니다.
죽음을 생각하지 않는 삶은 공허하기만 하고,
죽음의 공간을 배려하지 않는 삶의 현장은
욕심과 이익에 매몰된 삭막한 대지일 뿐입니다.

삶을 잘 살기 위해서는 죽음을 고민해 보고
죽음의 자리를 늘 염두에 두어야 합니다.
죽음이 있기에 삶을 더 열심히 살고
한순간, 한순간 더 소중히 살 수 있습니다.
우리는 죽음에 대해 얼마나 자주 고민하고 이야기 나누고 있나요?
죽음을 회피하거나 남 일처럼 여기고 있지는 않은가요?

#036

마지막을 준비하는 마음으로 지금을 삽시다

'죽음 알림 주간'이 있다면 믿으시겠습니까?
영국에는 매년 5월, 죽음 알림 주간이 있다고 합니다.
정부는 이때 죽음에 관련된 다양한 행사를 준비합니다.

예를 들면 미리 유언장 작성해 보기,
어디서 어떤 죽음을 맞이할 것인지 계획 세워보기,
아이들과 죽음에 관한 이야기 나누기 등이 있습니다.
그리고 국민들은 죽음의 중요성을 생각해 보고,
자신의 삶을 돌아보고 성찰할 수 있는 시간을 보냅니다.

그래서인지 영국은 전 세계에서
'죽음의 질 지수'가 가장 높은 나라입니다.
반면 우리나라는 안타깝게도 죽음의 질 지수가 무척 낮습니다.
죽음을 터부시하는 경향이 강해

죽음에 대해 말하는 것조차 꺼리기도 합니다.

저는 우리나라도 영국처럼 자연스럽게 죽음을 말하고
죽음을 알리는 사회가 되어야 한다고 생각합니다.
사실 죽음처럼 확실한 것도 없는데
우리는 죽음에 대해 너무나 모르고 있는 건 아닌가 싶습니다.

철학자 키케로는 "지혜로운 사람에게는 삶 전체가
죽음에 대한 준비이다"라고 말했습니다.
삶과 죽음은 분리될 수 있는 것이 아닙니다.
좋은 죽음을 맞기 위해서는 좋은 삶을 살아야 하고,
궁극적으로 좋은 삶이었다고 말하기 위해선
마지막 순간이 아름다워야 하기 때문입니다.

삶에 대한 미련, 죽음에 대한 두려움은 떨쳐버리세요.
다만 죽음에 대해 편안하고 가볍게 생각해 보세요.
선사의 말씀처럼 삶의 마지막 여정이 홀가분하길
진심으로 바라봅니다.

#037

묘비명을 미리 적어봅니다

"내, 우물쭈물하다가 이렇게 될 줄 알았다."

이것은 조지 버나드 쇼의 묘비명입니다.
그는 영국의 극작가이자 소설가이며 비평가이지요.
1925년에 노벨 문학상을 수상했습니다.
그가 1903년에 발표한 《인간과 초인》은
그의 최대 걸작으로 꼽히며
그를 세계적인 극작가로 만들었습니다.

하지만 적지 않은 사람들에게 버나드 쇼는
살아온 생애나 작품보다 묘비명으로 더 유명합니다.
사람들이 죽음에 관심을 가지고 있다는
가장 확실한 증거는 묘비명입니다.
동서양을 막론하고 죽은 사람의 비석을 세우고

간략한 기록을 남기는 전통은
먼 과거부터 지금까지 이어지고 있습니다.
대단한 권세를 가졌거나 특별한 사람들의 경우에는
당대의 유명한 문장가가 글을 짓고
서예가가 글을 써서 기록하기도 했지요.

막걸리 시인 천상병은 그의 대표작 〈귀천歸天〉과 같이
'하늘로 돌아가리라'라는 구절을 묘비명으로 했고,
걸레라고 불리며 자유롭게 살았던 중광 스님의 묘비명은
"에이, 괜히 왔다"입니다.
대문호 헤밍웨이는 "일어나지 못해 미안하다"를
묘비명으로 남겼지요.
이런 이해하기 쉽고 직설적인 묘비명들이 널리 알려지면서
보통 사람들도 자신의 묘비명에 관심을 갖게 되었습니다.

"우물쭈물하다가 내 이럴 줄 알았다"라고
자신의 묘비명을 남긴 버나드 쇼는
자신이 세상을 떠날 때를 알고 있었던 것일까요?
문득 궁금해집니다.
저 같은 보통 사람이야 언제 떠날지 알 수가 없어서
묘비명을 생각하는 것 자체가 어렵기도 합니다.
특별한 묘비명을 남기지 않는 보통의 사람들처럼

그저 그렇게 흙으로 돌아가는 것도 좋겠지만,
그래도 굳이 적어보라면 버나드 쇼의 묘비명을
살짝 베끼는 것도 재미있을 것 같습니다.

2장.

사랑하지 못하는 것을 사랑한다는 것

주경 스님의 사랑의 아포리즘

#108

#038

사랑하지 못하는 것을 사랑한다는 것 1

사랑하지 못하는 것을 사랑한다는 것은
종교나 교육의 차원만이 아닙니다.
사랑하지 못하는 것을 사랑한다는 것은
성숙함이며 존엄함입니다.

내가 사랑하기 어려운 것은 있어도
세상에 사랑하지 못하는 것은 없습니다.
모든 물체와 물성에는 생겨남이 있고
존재해야 하는 까닭과 근거가 있고
나름 아픔과 슬픔, 고독함과 고난도 가지고 있습니다.
내가 사랑하지 못하는 이유가 있을 뿐이지
그 모두가 사랑입니다.

살아있는 것들, 살아가는 모든 것들 중에
배고프고 춥고 아프고 외롭고 슬프고 억울한 것
소외된 것들을 사랑해야 합니다. 굳이, 애써, 찾아내서
사랑하지 못하는 것을 사랑해야 합니다.
그것이 우리가 살아가는 이유 중 하나입니다.
그것이 바로 우리의 성숙함입니다.

#039

사랑하지 못하는 것을 사랑한다는 것 2

사람들은 늘 사랑을 갈망하며 수많은 사랑 영화와
노래에 귀를 기울이고 감동받으면서도
사랑에 대해 배워야할 것이 있다고 생각을 하는 사람은 거의 없습니다.
독일의 심리분석학자 에리히 프롬의 《사랑의 기술》에서
사랑은 보고 싶음, 육체, 탐욕… 같은 것만이 아니라
사랑은 상대를 걱정care하는 것이고,
사랑은 책임감responsibility을 느끼는 것이고
사랑은 존중respect 하는 것이고
사랑은 상대방이 어떤 상태인지 아는 것knowledge이라고 했습니다.

사랑은 수행과도 같습니다.
서로 다른 타인들이 만나서 부딪히고 마모되며
알아가고 이해하는 마음의 수행 과정을 거쳐야 합니다.

천 길 물속은 알아도 한 길 사람 속은 모른다는 말처럼
사랑은 그보다 깊은 물속을 헤엄쳐 나가야 하는 것입니다.

그러기 위해 먼저 나의 인내가 필요하고
상대의 아래에 서는 이해understand가 필요하고
관심과 배려와 기다림도 필요합니다.
성격이 맞지 않아 싸우는 것, 습관이 달라 부딪히는 것
상대의 가치관, 경제관념, 심지어 부모와 친구 관계 등
내가 싫어할 수 있는 요인들 즉 사랑하지 못하는 것을
사랑하는 것이 사랑입니다.

내가 사랑하지 못하는 상대의 면모를 사랑하는 것
그래서 사랑은 수행이고 깨달음입니다.

#040

자신을 먼저 사랑해 주세요

인생이 꼬였다고 생각하는 사람은
그 원인을 자신에게서 찾아야 합니다.
나 이외의 다른 사람이 나의 인생을
꼬이게 만들 수 없기 때문입니다.
다 자기가 짓고 엮은 것이지요.

금생의 일에서 그 원인을 찾을 수 없다면
전생에 분명히 있을 것이라고 봅니다.
어렵고 힘들어도 사랑하십시오.
스스로를 사랑하고 가족을 사랑하고
자신의 여건과 상황을 사랑하길 바랍니다.
자신의 타고난 신체와 능력도 사랑하십시오.
이러한 것들을 자신이 사랑하지 않는다면 누가 사랑하겠습니까.

사랑은 자신으로부터 시작하는 것입니다.
자기 자신을 사랑할 때 다른 사람도 나를 사랑할 것입니다.
자연을 사랑하면 자연도 나를 사랑할 것이고,
하늘을 사랑하면 하늘도 나를 사랑할 것입니다.
고통스럽고 힘든 지금의 환경과 상황을 깊이 사랑하십시오.

더 큰 기쁨과 만족감을 주기 위해 마련된
사랑과 도전의 시험일뿐입니다.
설사 무릎을 꿇고 포기를 하더라도
결코 졌다고 생각하지 말아야 합니다.
언제나 다음, 또 다음의 기회가 있습니다.
금생에 도저히 안 되면 다음 생에는 반드시 될 것입니다.

세상이 아름답게 느껴지지 않는 것은
사랑하는 마음이 아직 부족하기 때문입니다.
내 존재의 근본이 사랑임을 자각하고
세상을 바라보십시오.
진실로 사랑하지 않을 수 없을 것입니다.

#041

진리는 가장 가깝고 가장 낮은 곳에 있습니다

온 세상이 꽁꽁 얼어붙었던 겨울이 지나고
봄이 오면 사람들은 봄꽃을 보고
봄을 느끼기 위해 거리로 쏟아져 나옵니다.
그러나 막상 나가 보면
봄 구경 나온 사람들만 잔뜩 볼 뿐,
한껏 기대했던 봄은 느끼지도 못한 채 집으로 돌아오게 됩니다.

사실 우리가 그렇게 보고 싶었던 봄꽃은
이미 마당 앞 나무에 피어 있고,
봄은 이미 내 마음 안에 들어와 있는데도 말입니다.
진리는 먼 곳이나 아주 특별한 곳에 있지 않습니다.
작고 낮은 곳, 우리 집, 내 가족, 내 마음 안에 있습니다.

문득 자동차 사이드 미러에 적힌 문구가 생각납니다.

'사물은 거울에 보이는 것보다 가까이 있습니다.'
그리고 마음에 이런 글을 새겨봅니다.
'진리와 행복은 생각하는 것보다 가까이 있습니다.'

#042

나를 위한 기도를 먼저 하세요

《초발심자경문初發心自警文》에 이러한 말이 나옵니다.

자죄미탈 타죄불속自罪未脫 他罪不贖

자신의 죄를 벗지 못한 이는
다른 사람의 죄를 닦아줄 수 없다는 뜻입니다.
내가 청정하고 결백하고 떳떳할 때
다른 사람의 죄를 대신할 수도 용서해 줄 수 있습니다.

그러니 여러분이 열심히 기도하고자 한다면
먼저 자신을 위한 기도가 되어야 합니다.
내가 맑고 청정해야
다른 사람의 업을 대신해 주거나 녹여줄 수 있습니다.
번뇌가 가득한 가슴과 망상이 가득한 마음으로

가족을 위해 기도한다면 그 기도가 어찌 효험이 있겠습니까.

더러운 물로 설거지를 하면 어떤 그릇도 깨끗해질 수 없습니다.
깨끗한 물로 닦아야 비로소 그릇이 깨끗해집니다.
언젠가 다시 쓸 수 있게 됩니다.
양팔에 짐을 잔뜩 들고 있는 사람이
다른 사람의 짐을 들어주겠다고 하면,
누가 자신의 짐을 건네겠습니까?

양팔 가득 짐을 들고 있는 사람은
마음이 어떻든 다른 사람의 짐을 대신 들어줄 수 없습니다.
번뇌로 가득한 사람이
남을 위해 기도를 하는 것도 이와 마찬가지입니다.
온몸에 짐을 잔뜩 지고
남의 짐을 들어주겠다고 하는 것과 다르지 않습니다.
그래서 자신을 위한 기도가 선행되어야 합니다.

내 마음이 맑고 깨끗하고 행복해져야
그 기도가 영험이 있는 것이지요.
내 깨끗함이 타인을 깨끗이 씻겨낼 수 있는 것이지요.

#043

빈 몸뚱어리에 즐거움을 넣어주세요

우리의 몸은 수행하고 기도하고
선행하고 베풀어야 온전히 차게 됩니다.
날마다 험담이나 일삼고
나만 잘 먹고 잘 살려고 애쓰는 것은 빈 몸뚱이와 다름없습니다.
빈 몸으로는 이 험한 세상을 제대로 살아낼 수 없습니다.
그 안에 선행을 싣고 보살행을 싣고 기도를 싣고
수행을 실어야 하는 것입니다.

그렇다면 어떻게 수행하면 좋을까요?
수행과 기도는 만족함이 있기에 하는 것입니다.
모름지기 수행과 기도는 즐거워야 합니다.
원효 스님은 '세락후고世樂後苦어늘'이라 하셨습니다.
세상의 즐거움은 뒤에 고통이 따라온다는 뜻입니다.
하지만 수행은 처음에 조금 어렵고 힘들지만

뒤에 즐거움과 편안함이 옵니다.

왜 불자님들이 새벽같이 예불하고, 108배하고,
가만히 앉아 다리가 아프고 허리가 아프게
참선을 하는 것일까요?
바로 지금 잠깐의 수행을 거치면
나중에 편안함과 안정감을 얻을 수 있기 때문이지요.
한 걸음 더 나아가 하루를 마치는 말도 준비하면 어떨까요?
건강하기를, 편안하기를, 좋은 꿈꾸기를, 푹 잠들기를.
사랑의 말로 하루를 정리하는 것입니다.

곧 사라져 없어질 빈 몸뚱어리를
수행과 기도로 채워 복되게 사는 것,
그것이 불자가 진정으로 추구해야 할 일입니다.

#044

기적 같은 일들이 지천입니다

"무엇이든지 마음의 눈으로 볼 때 가장 잘 볼 수 있다.
가장 중요한 것은 눈에 보이지 않는다."
이 말은 생텍쥐페리의《어린 왕자》에 나오는 말입니다.

같은 모습의 수천 송이 장미꽃을 보며
자신이 키우는 오직 한 송이의 장미꽃이
특별한 이유에 대해 말하고 있습니다.
어린 왕자가 말한 '마음의 눈'이란 대목은
독자들에게 많은 여운을 남겼습니다.

우리 일상도 마찬가지입니다.
매일 반복되는 일상에 어제와 다름없는 오늘이지만,
하나하나 의미를 두면 특별해지기 마련이지요.
반복되는 매일 속에서

우리는 보이는 것 그대로만 보고 사는 게 아니라
더 멀리 바라볼 줄 알아야 할 것입니다.
바로 눈앞에 보이는 현상과 모양 말고도
봐야 할 것들이 많다는 것을 깨달아야 합니다.

어린 왕자는 수천 송이의 장미꽃을 보는 것이 아니라
'특별한 장미'를 보려고 했습니다.
마음을 주고 길들인 장미꽃 말이지요.
어린 왕자가 평범한 장미꽃을 특별하게 보았던 것처럼
우리도 평범한 인생을 특별하게 생각할 줄 알아야 합니다.

눈에 보이는 현상만 보지 말고
마음으로 그 너머를 살펴봐야 합니다.
내면에 있는 본질적인 것은 눈에 보이지 않습니다.
그러니 드러나는 현상만 보고 판단하여
경솔하게 단정하지 마세요.
상식의 한 겹만 걷어 내어 안쪽을 보면
기적 같은 일들이 지천입니다.

#045

응답해야 변화합니다

'영향상종影響相從'이라는 말이 있습니다.
그림자와 메아리가
물체와 소리에 대해 응해서 나온다는 뜻입니다.
내가 좋은 말과 진리를 전하면
여러분 가슴이 따뜻해지고 울림이 있어야 합니다.

'스님 법문 참 잘하네!' 하고 감탄만 하고 있으면 안 됩니다.
'음식이 냄새가 참 좋네!'라고 해서는 아무 소용이 없지 않습니까.
먹어서 배가 부르고 몸이 건강해져야
비로소 그 음식의 효과를 다 보는 것입니다.

'법문을 잘하네!' 하고
감탄을 자아내는 것으로 끝나는 법문은 아무런 의미가 없습니다.
그 법문이 여러분의 마음을 따뜻하고 편안하고 즐겁게 해주고,

삶에 힘을 나게 하는 효험이 있어야 합니다.
그러자면 여러분 스스로가 그런 마음을 가져야 합니다.

좋은 의사가 병에 따라 약 처방을 해주어도
환자가 약을 먹지 않으면 병이 낫지 않는 법입니다.
요즘 자동차 길 안내가 아무리 좋다 해도
운전자가 마음대로 가버리면
목적지에 도착할 수가 없듯이 말입니다.

부처님과 훌륭한 스님들은 좋은 의사와도 같아서
삶을 치료하고 인생의 병을 고치는 법문을 제시해 주십니다.
하지만 이를 듣고 행하지 않는다면 아무런 소용이 없습니다.
잘 듣고 잘 행하는 것,
여기서 변화는 시작됩니다.
그림자와 메아리처럼 물체와 소리에 응해주세요.
받아들이고 변화해 봅시다.

#046

삼 년 묵은 인삼보다 육 년 묵은 인삼이 더 나은 것처럼요

어느 날 신도 한 분이 찾아와
땅이 꺼져라 한숨을 내쉬기에
왜냐고 물었더니 아들이 대학에 떨어져
재수를 하게 되었다고 말합니다.

"삼 년 묵은 인삼보다 육 년 묵은 인삼이 더 나은 법이지요.
재수 일 년 중요하지 않습니다.
자제분은 좌절을 맛보았지만,
다시 공부해 대학에 들어갈 것입니다.
더 익고 성장해서 말이지요.

재수를 하며 마음을 낸 그 일 년이 자제분 마음을
아주 득실하게 익도록 할 것입니다.
앞으로 사회생활을 하는 데에도 잘 익은 그 마음이

분명 큰 힘이 될 것입니다.
그러니 끊임없이 관심 갖고 일 년을 더 도와주세요.
두 분 다 얻게 되는 것이 훨씬 더 많을 것입니다."

제 말에 그 신도는 활짝 웃었습니다.
내 말에 마음을 낸 것입니다.
감동을 얻고 받아들인 것입니다.
이럴 때 법문은 비로소 효험을 얻습니다.
천수경을 할 때나 금강경을 할 때 제가 꼭 외는 법문이 있습니다.

무상심심미묘법 無上甚深微妙法
부처님 거룩한 법 한없이 높고 깊어
백천만겁난조우 百千萬劫難遭遇
백천만겁 지나가도 만나기 어려운데
아금문견득수지 我今聞見得受持
부처님 가피로서 듣고 보고 지니오니
원해여래진실의 願解如來眞實義
부처님 진실한 뜻 깨치기를 원합니다.

저는 언제나 이 마음으로 법문을 들어야 하고,
해야 한다고 생각합니다.
때문에 그 간절함을 가슴속 깊이 새기고 또 새깁니다.

제가 가진 이러한 마음이 말을 통해, 눈빛을 통해,
여러분 마음에 고스란히 전해지기를 빕니다.
저의 법문으로 인해 여러분의 마음이
따뜻함과 울림으로 가득하기를 빕니다.
그 마음과 이 마음이 하나가 되기를 빕니다.

#047

빈 택시 법문을 해봅시다

"나는 인생을 정말 착하게 살았다. 누구보다 열심히 살았다.
그런데 인생에 소득이 하나도 없다."

왜일까요?
인생이 빈 택시였기 때문입니다.
승객이 없었기 때문입니다.
그렇다면 지금 이 순간, 한 번쯤 돌아봐야 합니다.
과연 무엇을 내 인생의 승객으로 삼아야 할 것인가?

그것이 다름 아닌 '발원'입니다. '원력'입니다.
오늘 하루의 목표가 있어야 합니다.
이번 한 달의 목표가 있어야 합니다.
그리고 다가올 일 년의 목표가 있어야 합니다.
그래야 달성될 수 있고 성취할 수 있습니다.

하지만 목표가 없으면 달성될 것도 없습니다.
승객이 없는 빈 택시와도 같은 것입니다.
반드시 거창한 목표를 세워야 하는 것은 아닐지라도
소소한 것이라도 세워봅시다.

원력은 추상적인 것에서
구체적인 것으로 발전해야 한다는 사실을 마음에 새깁시다.
원력이 있어야 그것이 성취가 되고
한 단계 한 단계 나아가게 되는 법입니다.
한 단계 한 단계 더 높아지는 원력이 없으면
매일매일 착하게 열심히 살아도
얻은 것이 하나도 없게 되고 맙니다.

원력이 부족한 탓이지요.
남편이 성공하고 자식이 잘되는 것을 목표로 삼았으면
그것으로 만족하면 되고
또 자신만의 새로운 원력을 만들면 됩니다.
그렇지 않으면 아무리 열심히 살아도
절대 성취감을 느낄 수 없습니다.

손님이 타지 않은 빈 택시처럼
아무것도 손에 넣을 수 없게 됩니다.

그러니 괜히 억울해할 것도, 허전해할 것도 없습니다.
담담히 내 인생의 택시에 새로운 승객을 태우면 됩니다.
그리고 내 인생의 택시에 오른 승객을
안전하고 빠르게 올바른 행선지로 안내하는
운전사 본연의 임무에 집중하십시오.

그렇게 가슴에 새긴 원력을 향해
하루 한 걸음씩 앞으로 나아갑시다.
오직 그것만을 생각하며,
앞으로 나아가면 됩니다.

#048

당신의 인생에 무엇을 건져 올리고 있나요

어니스트 헤밍웨이의《노인과 바다》는 좌절 속에서도
포기를 모르는 불굴의 인간 정신과
삶에 대한 투쟁을 담고 있는 책입니다.
이미 고전으로 많이 읽혔고,
또 여전히 사랑받고 있는 이 작품은
삶이란 무엇인지 돌아보게 하는 마력을 가지고 있지요.

우리 삶이 소설 속 노인처럼 망망대해로 나가는 배와 같다면,
우리는 과연 이틀 밤낮의 사투 끝에
무엇을 끌어올릴 수 있을까 고민해 보았습니다.
사람들은 저마다의 삶 속에서
무언가를 건져 올리기 위해 낚싯대를 던집니다.

누군가에게는 명예일 수도 있고,

누군가에게는 돈일 수도 있지요.
또 누군가에게는 결혼, 누군가에게는 취직,
누군가에게는 건강이겠지요.
우리 삶은 끊임없이 무언가를 낚아 올리기 위해,
계속 꿈꾸기 위해 낚싯대를 던져야 하는 것 같습니다.
낚싯대를 던질 때마다 물이 거세게 출렁이는데도 말이지요.

저는 그 푸른 물속에서 사랑을 건져 올리고 싶습니다.
사바세계를 떠도는 가엾은 사람들을 건져 올리고 싶습니다.
그러나 아무리 낚싯대를 던져도
도저히 건져 올릴 수 없는 것들이 있겠지요.

헤밍웨이가 《노인과 바다》를 통해 인생을 말하려 했던 것처럼,
아무것도 건져 올리지 못한 배 위에는 허공이 아니라
달빛이 가득 실려 있다는 것을 깨닫게 됩니다.
건져올린 사랑은 가장 근원적인 진리임을 새삼 느낍니다.

#049

진리를 찾아내는 일, 그리 어렵지 않습니다

선가에서는 마음을 찾는 일을 소를 찾는 일에 비유했습니다.
마음의 소라 하여 심우心牛라고도 합니다.
방황하는 자신의 본성을 발견하고
깨달음에 이르기까지의 과정을 그림으로 그리기도 했습니다.
야생의 소를 길들이는 것에 비유하여 10단계로 그린 것인데요.
이를 심우도尋牛圖 또는 십우도十牛圖라고 합니다.

자기가 가장 좋아하고 잘할 수 있는 일이 있는데도
그것도 모르고 이 일 저 일 찾아다니는 사람이 많이 있습니다.
가장 소중한 사람이 옆에 있는데도
그 소중함을 모른 채 멀리서 찾는 사람들도 많이 있습니다.
답은 내 마음속에 있는데 스스로 보지 못하고
밖에서만 찾으려고 허송세월하는 사람도 많이 있습니다.

그림자 없는 나무는 이 세상에 없습니다.
그런 나무를 베어다가 그 나무로 불을 때서
바다의 물거품을 다 태워버리겠다는 일만큼이나
황당하고 어리석은 일이랍니다.
멀리서 찾지 마세요.
항상 내 곁을 보세요.
그곳에 모두 있습니다.

《임제록》에 '수처작주 입처개진隨處作主 立處皆眞'이라는
말이 있습니다.
있는 곳마다 내가 주인임을 잊지 않으면
머무는 곳이 진리라는 말입니다.
지금 있는 곳에서 주인이 되어 참된 나를 찾으시기 바랍니다.
진리는 항상 나에서부터 바깥으로 나아가는 일입니다.
그곳에서 비로소 사랑이 시작되는 것입니다.

#050

지금 생을 더 잘 사는 방법은 무엇일까요

가끔 생각해 봅니다.
전생에 나는 무엇이었기에 금생에 스님으로 사는 것일까.
여러분들도 한 번쯤은 이런 생각해 보지 않으셨나요?
전생에 무엇이었기에 지금의 내가 되었을까 하고 말입니다.

가끔 사는 게 팍팍하고 힘이 들 때면
이런 말들 많이 하시지요.
"내가 전생에 무슨 죄를 지었기에 이렇게 힘든가!"
삶은 윤회라고 하지요.
죽어서 다시 태어나고 또 죽어서 다시 태어나고,
그리하여 이 번뇌를 끊지 못하고 계속 살아내야만 하는 것.

가만히 생각해 봅니다.
다음번 생에 나는 무엇이 될 것인가.

다시 스님이 될 수 있을까?
이 지루한 윤회를 끊어내고
이승에서 깨달음을 얻어 자유 자재할 수 있을까?

불교는 전생을 믿고, 윤회가 있다고 말합니다.
깨달음을 얻은 자만이 윤회를 끊고
생사를 뛰어넘은 대자유인이 될 수 있다고 가르칩니다.
기독교나 천주교도
죽음 뒤에 천국이나 지옥이 있다고 말합니다.
다른 종교 역시 사후세계에 대해 끊임없이 이야기합니다.

혹자의 말로 사람들은 살기 힘들수록,
현실이 고달플수록 종교에 더 매달린다고 합니다.
지금 이생이 아닌 죽음 뒤의 생을 생각하며
지금의 고통에서 위로받는 것이지요.
지금 생을 어떻게 사느냐에 따라
다음 생이 결정된다고 하지만
우리가 다음 생을 잘 살기 위해 수행하는 것만은 아닙니다.
오히려 지금 생을 더 잘 살기 위해서
공부하고 마음을 닦고, 나누고, 돕고, 사랑하며 삽니다.

다음 생에 지나치게 집착하다 보면

지금의 나를 잊게 마련입니다.
그렇다고 금생의 돈, 명예, 권력, 지위, 승부,
자격만을 위해 사는 것도 안 되지요.
그런 집착까지도 모두 내려놓고,
지금 나눌 수 있는 것을 나누고,
행동할 수 있는 것들을 행동하며,
현재를 더욱 충실히 살아내야 합니다.
현생을 놓치지 않아야 후생의 기적도 찾아오는 것이지요.

#051

천천히 걸어가도 다 됩니다

옛 선사禪師들의 삶과 수행에 대한 글을 읽다 보면
소처럼 느릿느릿한 걸음을 걸었다는 기록을 자주 접합니다.
흔히 소걸음이라고 하는 우보牛步는
수행자의 전형적인 걸음걸이입니다.
한 걸음, 한 걸음 내딛는 동작마다
깨달음을 향해 나아가는 정밀하고도
정확한 집중과 관찰이 수반되어야 하는
'걷는 수행'이 빠른 걸음으로는 불가능하기 때문입니다.

선원의 스님들도 좌선을 할 때에는 집중 수행을 하지만
일상생활을 할 때는 생활에 지장이 없을 만큼 집중력을 완화합니다.
깨어 있는 모든 시간에 행동을 할 때마다
수행의 집중력을 갖는 것은 쉬운 일이 아닙니다.
하지만 후세에 모범이 되는 훌륭한 수행승들은

일상생활에도 상대적으로 깊은 집중력을 보였습니다.
그 대표적인 모습이 바로 소처럼 천천히 걷는 것입니다.

'우보만리牛步萬里'라는 말이 있습니다.
소의 걸음으로 만 리가 되는 먼 길을 간다는 뜻입니다.
짧은 거리를 갈 때는 빨리 뛰어도 상관없습니다.
하지만 먼 거리라면 이야기가 달라집니다.
짧은 거리를 갈 때처럼 뛰다가는
금방 지쳐 먼 길을 다 완주할 수 없습니다.
백 미터를 내달린 사람은
주저앉아 가쁜 숨을 몰아쉬어야 하지만,
십 리 길을 천천히 걸은 사람은
숨이 차 헐떡거리지도 지치지도 않습니다.

걸어서라면 몇 달이든 몇 년이든 긴 기간
여행하는 것이 가능하지만,
뛰면서 그처럼 긴 기간을 여행한 사람은 아직 접해보지 못했습니다.

길에서 태어나서 길에서 열반하실 때까지
80년 세월을 길에서 사신 석가모니 부처님의 일생은
'길'이라는 세계에서 '걸음'이라는 인생을 사셨습니다.
평생 길을 걸으며 여행하고,

인연과 순리의 가르침을 펴신 그분의 걸음걸음을
가장 대표적인 우보牛步라 해야 할 것입니다.

천천히 걸었기 때문에 만나는 풍경과 생각도 있습니다.
내가 걸었고 풍경도 걸어와주는 순간,
생각이 탄생합니다.
생각을 품은 자리에서 사랑도 피어나게 됩니다.

#052

방향이 옳다면 노력하지 않을 이유가 없습니다

학인學人 시절의 젊은 스님들은 출가의 삶이
세상의 그것과 다른 점에 대해 부단히 고민합니다.
또 함께 공부하는 도반들과 서로서로 갈고닦으며
치열하게 수행의 길에 매진합니다.
그래서 간혹 소소한 일들이
불꽃 튀는 격렬한 논쟁으로 번지기도 하지요.

한 번은 '군자는 대로 행大路行'이라는 말로 논쟁이 생겼습니다.
한 스님이 승려는 군자처럼 대로를 가야 한다는 취지로
큰 뜻 없이 한 말에 다른 스님이 뾰족하게 날을 세우고
이의를 제기했지요.
순식간에 주변의 스님들도 토론에 합류했고,
무언가 결말을 내려야 하는 분위기가 되었습니다.

토론이 진행되면서 논점은 두 갈래로 나뉘었습니다.
'우리가 군자와 같은 사람이냐, 아니냐
대로 행을 해야 하느냐, 아니냐?'라는 문제 앞에서
다들 의견을 내놓았지요.

'군자'라는 말은 행실이 점잖고 어질며
학식과 덕이 높은 사람을 일컫습니다.
군자와 수행승의 덕목으로 볼 때
조금은 비슷한 것 같지만 차이점을 찾을 수 있었습니다.
출가자에게는 '학식과 덕'보다는
'수행과 도력'이 중요한 요소이기 때문이지요.

출가자들이 경전과 어록 같은 글공부를 많이 하지만
그 목적은 학식을 쌓는 것이 아닙니다.
세상에 드러나는 덕德보다는
안으로 갈무리하는 도道에 더 뜻이 있지요.
군자의 도가 화단에서
잘 가꾸어지고 피는 꽃나무와 같은 것이라면,
수행승의 도는 산과 들에서
이름 없이 피어나는 꽃나무 같은 것이라고 할 수 있습니다.

그날의 논쟁은 결국 '도인은 소로 행小路行'이라는

한마디 말을 만드는 것으로 정리되었습니다.
옹졸하고 편협한 사람이 가면 넓고 큰 길도 좁고 불편하지만,
공명정대한 사람이 가면
굽은 샛길도 더없이 넓고 편안할 수 있습니다.

하지만 그보다도 군자라 불리며 큰길을 가거나,
도인이라 불리며 좁은 길을 가는 것이
뭐 그리 중요한가 싶은 생각도 들지요.
중요한 것은 대로 행이냐 소로 행이냐가 아니라
스스로 떳떳하고 당당한 사람이 되어
올바르게 제 갈 길을 가는 것이라고 생각합니다.

나 스스로 떳떳해지기까지
마음 수련을 게을리해서는 안 되는 것이지요.
어찌 보면 우리에게 가장 중요한 것은
수련을 게을리하지 않는 노력에 있는지도 모릅니다.
방향이 옳다면 노력하지 않을 이유가 없는 것이지요.

#053

그 일이 힘들 때마다 첫 마음을 떠올려보세요

때때로 막 출가했을 당시를 떠올려 보곤 합니다.
저는 고등학교 1학년 때 불교에 심취해
그때부터 약 7년간 절에 열심히 다녔습니다.
불교에 심취했던 이유는 '불교의 가르침'이
너무나 멋지고 근사하게 느껴졌기 때문입니다.
그래서 출가를 결심했을 때 마음 깊숙한 곳에 새겨진 것이
바로 '불교는 멋있다'는 생각이었습니다.

제가 출가를 한다고 했을 때
가족과 주변 친구들은
제가 절에서 오래 못 살 것 같다고 말했습니다.
아무래도 그 당시 저는 하고 싶은 것도 많고
활동적인 욕심 있는 청년이었기 때문입니다.
그러나 많은 사람들의 염려(?)와 달리 제가 출가한 지도

벌써 30년이 지나고 있습니다.

출가한 이후 제 삶이 늘 평탄하기만 했던 것은 아닙니다.
잿빛 승복을 입고 있다고 하여
마음에 번뇌가 일어나지 않는 것은 아니기 때문입니다.
저는 출가 후에 많은 고민을 하며 방황하는 시기를 겪었습니다.
혹시나 불교가 아닌 다른 종교가 더 좋아지면 어떻게 하나
걱정을 한 적도 있습니다.

다행히도 저는 처음 출가했을 때
그 '첫 마음'을 잊지 않았습니다.
제 가슴을 뛰게 했던 '불교는 멋있다'는 생각이
늘 제 가슴에 가득 차 있었던 까닭입니다.

'첫'에는 많은 의미가 내포되어 있습니다.
처음 시작했을 때의 설렘, 순수함, 두근거림, 걱정, 두려움….
저는 무엇을 하든 그 첫 마음만 잃지 않는다면
참으로 멋진 인생을 살아갈 수 있다고 생각합니다.
혹 지금 어떤 문제나 위기에 봉착해 어려움을 겪고 계시나요.
그렇다면 첫 마음을 떠올리고 그때로 돌아가 보세요.
생각보다 쉽게 문제가 풀릴 수도 있습니다.

#054

남의 죄를 밝힐 수 있는 조건이 있습니다

불교의 가장 근본 경전인《아함경》에서는
남의 죄를 밝히고자 하는 사람은
다섯 가지를 알아야 한다고 가르칩니다.

첫째는 그 죄가 거짓이 아니고 사실이어야 하며,
둘째로 그때가 적절해야 한다고 했습니다.
잘못이나 죄의 사실 여부는 무엇보다 중요한 점입니다.
우리는 역사의 경험을 통해 진실은
결국 밝혀진다는 법칙을 알고 있습니다.
다만 시간과 때의 문제일 뿐,
어떤 수단과 방법을 써도 진실을 감출 수는 없습니다.

그래서 두 번째로 시기의 적절함을 언급한 것입니다.
너무 성급해서는 안 됩니다.

너무 늦어져서도 좋지 않습니다.
뱉은 지 오래되어 이미 바싹 말라서
더러움이 사라져버린 침을 두고
잘못을 지적하는 것은 무의미합니다.
그저 험담은 될지 몰라도 잘못을 고치거나
바로잡기에 적절하지 않은 것입니다.

다섯 중의 마지막은 미움이 아니라
사랑하는 마음으로 들추어야 한다고 가르칩니다.
어떻게 보면 시비를 일으키고 다투는 것은
자신의 이익을 위함도 있을 것입니다.
하지만 반대로 보면 세상을 바로잡아 가려는 의지와
노력 및 시행착오의 과정으로 볼 수도 있습니다.
그래서 시비를 할지언정 미움이 아니라
사랑의 마음을 가져야 한다는 것입니다.

남의 잘못과 죄를 밝히려는 사람은
먼저 자신과 상대방에 대한 사랑의 마음을 가져야 합니다.
특히 세상 삶들의 눈에 잘 띄는 위치에 있는 사람들은
더욱 큰 사랑의 마음을 가져야 할 것입니다.
웃으며 손을 잡아도 서로에게 원망과 미움을
담고 있는 사람들은 역겹고 거북함을 느낍니다.

그러나 다투고 시비해도
서로에게 사랑을 품고 하는 싸움은 아름답습니다.
그럴 만한 조건을 갖추었기 때문입니다.
긁어야 할까요? 참아야 할까요?

얼마 전 몇몇 불자들과
편안한 대화의 자리를 가지게 되었습니다.
그때 대화 중에 '문제를 만났을 때
어떻게 대처하는 것이 현명한가?'라는 주제가 떠올랐습니다.
각자 생각하고 있는 문제와 그 해결 방법에 대해
자유롭게 대화가 이어지다가
불교적인 문제 해결법으로 이야기가 흘러갔습니다.

그런데 한 사람이 문득 던진 한마디에
모두들 폭소를 터트리고 말았습니다.
"스님, 다른 종교에서는 가려우면 긁는 법을 알려줍니다.
그런데 불교에서는 참는 법을 가르칩니다."

가려움이란 긁으면 긁을수록 더욱 심해지는 경향이 있습니다.
그저 참고 견디는 게 최선의 방법일 수 있습니다.
그러면 어느 순간 가려움이 사라져 버린 것을 발견하게 됩니다.
하지만 분명한 어떤 원인이 있어서

아무리 참아도 사라지지 않는 가벼움이라면
그 원인을 제거해야만 합니다.

세상살이도 크게 다르지 않습니다.
가려움처럼 내 안에서 일어나는 소소한 작은 일들은
참고 견디며 살고,
반드시 고쳐야 할 중요한 문제는
원인을 철저하게 규명해서 해결해야 할 것입니다.
참고 견디는 것만이 능사는 아닌 것이지요.
때에 따라서 명확한 원인을 찾아내고
이를 해결할 필요도 있습니다.
그 '때'를 놓치지 말아야 합니다.

#055

예의를 지키려면 양말을 벗으라고요?

우리나라 사람들은 편하게 지낼 때는
양말을 벗고 맨발로 지내지요.
그러다가 손님이 오거나 외출해야 할 때면
양말을 찾아 신곤 합니다.
손님이나 다른 사람들 앞에서 맨발을 보이는 게
예의가 아니라고 생각하기 때문입니다.

그런데 동남아시아에서 온 사람들은
우리와는 정반대로 행동합니다.
예의를 갖추어야 하는 자리에서
양말을 벗고 맨발을 보이는 것이지요.

동남아시아 사람들의 문화를 몰랐을 때
가장 당황스러웠던 경험은

동남아시아의 불자들이 법당 앞에 털썩 주저앉아서
양말을 벗는 모습을 본 것이었습니다.
깍듯하게 예의를 보이는 그들의 모습에
다시 양말을 신으라고 하기가 쑥스러울 정도였지요.

태국의 사찰에서 생활할 때도 그랬습니다.
그곳 스님들은 절에 있을 때는 슬리퍼를 신고 지내다가도
탁발을 나갈 때에는 맨발로 나가곤 했습니다.
맨발이라서 깨진 유리조각에 발이 베이기도 하고
예기치 못한 상처를 입기도 하지만
맨발로 탁발을 나가는 것은 중요한 전통 중의 하나였지요.
수행자에게 음식물을 주는 사람들에 대한
감사와 예의를 표하는 것이
맨발로 탁발을 나가는 전통을 만들게 된 것이라 여겨졌습니다.

언젠가 주말 템플스테이에 온 사람들과 인사하는데,
스물세 살인 여대생 세 명의 양말이 유난히 눈에 띄었습니다.
그들 모두가 분홍색, 파란색 등의 눈에 띄는 바탕색에 캐릭터까지
다양한 양말을 신고 있었지요.
수도자인 제가 평소에 보기에는 무척 힘든 디자인인데,
심지어 그것들이 모두 발가락 양말이었습니다.
해외여행 길에 여러 켤레 사 왔다고 하더군요.

그들의 생각과 행동이 재미있기도 하고 신선하기도 했습니다.
이제는 여성들도 절에 와서
저렇게 당당하게 발가락 양말을 신는 시대가 되었구나 싶었지요.
실제로 사찰에서도 발가락 양말이 보편화되고 있습니다.

선방의 선객禪客 스님들도
엄격한 계율을 지키는 율사律師 스님들도
또 신도를 많이 접하는 주지 스님들도 발가락 양말을 즐겨 신습니다.
편하고 건강에 좋기 때문입니다.
이제는 일상의 예법에 어긋난다고 생각하지도 않지요.
짧은 시간에 세상은 정말 빨리 변하는 것 같습니다.

나날이 더워지는 요즈음,
이제는 발가락 양말을 신은 아가씨든 맨발의 여성이든
그대로 법당에 들어오는 것이
흉도 결례도 되지 않는 시대가 되었습니다.
앞으로는 어떤 세상이 올까요?
궁금해집니다.

#056

얼굴이 좋아졌네요

체중 걱정을 많이 하는 사람들과
함께하는 자리는 늘 불편합니다.
체중과 외모에 대한 강박관념 때문에 한 공기의 밥조차
다 먹지 못하는 사람과의 자리가
편하고 즐거울 수 없기 때문입니다.

많은 사람이 배우나 모델의 외모와 체형을
미의 기준으로 삼습니다.
하지만 그들은 직업의 특성에 걸맞은 극히 소수의 사람들입니다.
보통 사람은 보통의 외모로 보통의 현실을 살아가면 됩니다.
그것만으로도 충분히 아름답습니다.
충분히 멋집니다.
'맹구우목盲龜遇木' 설화를 들어본 적 있을 것입니다.
눈먼 거북이가 넓은 바다를 가다

구멍 뚫린 나무토막을 만날 때마다
사람이 하나씩 태어난다고 합니다.

앞이 보이지 않는 거북이가
구멍 뚫린 나무가 어디에 떠 있는지 어찌 알겠습니까.
그야말로 아주 운 좋게 탁 걸려야 하는데,
바로 그때 사람이 하나 태어난다는 것입니다.
그렇게 어렵고도 힘들게 말입니다.
그러니 잘났든 못났든 얼굴이 까맣든 하얗든
눈이 크든 작든 그것이 뭐 그리 중요하겠습니까.
진정으로 중요한 것은 우리 하나하나가
그렇게 태어난 아주 귀한 몸이라는 사실입니다.

오늘 반가운 당신을 만나면,
저는 주저 없이 사랑으로 인사를 건네겠습니다.
얼굴이 좋아졌네요, 하고.

#057

적당한 공주병 왕자병이 건강에 좋습니다

인생이란 공수래공수거입니다.
빈손으로 와서 빈손으로 가는 것입니다.
다만 업은 우리 안에 남습니다.
선업이든 악업이든 오직 업만이
빈손으로 떠나는 우리 뒤를 따릅니다.
물질적인 것들은 하나도 남는 것이 없습니다.

얼마 전에 미국에서 한 가지 통계를 냈다고 합니다.
졸업 앨범 사진 속의 사람들 표정을 분석한 것인데,
웃는 사람은 이혼율이 크게 떨어졌다고 합니다.
졸업 앨범에서 찡그리거나 우울한 표정을 지은 사람은
상대적으로 이혼한 비율이 높았다 합니다.
평소 찡그린 표정의 할머니들은
'영감한테 이혼하자고 해야지'

마음을 품고 있는 분들이 많습니다.
활짝 웃는 할머니들은
'금생에는 저 영감 그냥 데리고 살아야지'
마음먹은 분들입니다.
물론 할아버지들도 같은 마음일 것입니다.

웃는 사람들은 어딜 가든 긍정적이고 적극적입니다.
그래서 인생이 즐겁고 활기찬 것이지요.
하지만 찡그린 사람들은 말도 잘 못 붙이고
자기 자신이 소외되어 있다고 생각하기 일쑤입니다.
그러니 밝게 웃어봅시다.
표현합시다.
이것이 바로 긍정의 힘입니다.

지나온 삶 속에서 즐거웠고 가치 있었던 것을
자꾸 이야기하고 공감하고 자랑합시다.
잘난 척한다고, 팔불출이라고 할 필요 없습니다.
자기 자신을 힘나게 하고 즐겁게 하는 것들이
에너지원이 되는 법입니다.

적당한 공주병, 왕자병은 오히려 건강에 좋을지도 모릅니다.
자식 자랑도 많이 자기 자랑도 많이 합시다.

그래서 웃고 행복해하면 되는 것이지요.
부처님의 가르침이 바로 거기에 있습니다.
행복하게 사는 것 별거 없습니다.
나를 사랑하고 웃어봅시다.
사랑을 적극적으로 표현해 봅시다.

#058

산사에서 평등을 누려보세요

산사의 철칙 중의 하나가 '평등 공양'입니다.
'공양供養'이라는 말은 불보살님께 공경하는 마음으로
음식과 공물供物을 올리는 것
또는 사찰에서 스님들이나 신도들이 음식을 먹는 것.

'평등 공양'이라고 할 때는
식구들 모두가 평등하게 음식을 먹는 걸 뜻합니다.
속가에서는 음식을 먹을 때
어른의 상에는 보통 질도 좋고
종류도 더 많은 음식을 놓습니다.
너무 당연하고 평범한 일이지요.
하지만 사찰에서는 위아래 구분 없이
같은 음식을 먹는 것이 철저한 원칙입니다.

음식에서 차별을 두면 사람 사이에 차등이 생기고,
차등이 생기면 서로 화합할 수가 없기 때문입니다.
화합하지 않고 서로 시비와 다툼이 생긴다면
수행하는 태도와 정신이 망가지게 되니
평등 공양이 철칙이 된 것이지요.

음식에는 모든 답이 있습니다.
"폭식은 자기 몸을 망치로 부수는 것과 같다"라는 말이 있지요.
산사에서 먹는 규칙적인 소식은
우리 몸과 마음을 거칠게 만들지 않습니다.
평등을 배우게 하고 겸허하며 속을 편안하게 만들어
모든 일에 미소 짓게 하지요.

이것이 바로 산사의 음식이 주는 좋은 기운입니다.
주말이나 여유가 있는 날 가까운 산사에 들러
마음을 편안하게 해주는 음식 공양 한 그릇하시기를.
편안함 속에서 평등을 누려보기를.

#059

행복의 온도는 몇 도일까요?

매주 템플스테이에 온 사람들과 차를 마십니다.
뜨거운 차물이 식을 때를 기다리며
사람들에게 물어보곤 합니다.

"피부에 닿을 때 뜨겁다고 느끼는
물의 온도가 몇 도쯤 될까요?
한번 말씀해 보시겠습니까?"

"40도요."
"38도요."
"70도요."
"60도요."

몇 년 동안 늘 같은 질문을 하지만

정답을 맞히는 사람은 거의 없습니다.
그래서 한 가지 힌트를 줍니다.

"목욕탕의 열탕 온도를 기준으로 하면 됩니다."

그러면 한두 명, 비슷한 답을 말하기도 합니다.

"43도 아닙니까."
"45도요?"

그러면 저는 44도가 정답이라고 말합니다.
보통 온탕의 온도가 42도입니다.
열탕은 44도이고
미온탕이 38도에서 40도 사이지요.
2도 정도의 차이가 미지근함과 따뜻함,
그리고 뜨거움을 느끼는 온도의 차이입니다.
온도 차이가 적어도
뜨거워지는 물과 식어가는 물이 주는 차이가
피부에 확연하게 다가오는 것이지요.

뜨거운 물과 따뜻한 물의 차이가 2도밖에 안 나듯이
감정의 차이도 그 정도에서 오고 갈 것입니다.

1도만 높아져도 우리 마음이 격해지고 격렬해져서
화가 나는 것은 아닌지 되물어봅니다.
세상의 많은 사람이 따뜻한 차를 마시며
사랑을 품은 마음으로 살기를.
그 안에서 사랑을 온전히 누리시기를.

3장.

놓지 못하는 것을 놓는다는 것

주경 스님의 사랑의 아포리즘

#108

#060

행복은 버릴수록 채워집니다

불교에는 '번뇌'라는 말이 자주 등장합니다.
집착에서 일어나는 마음의 갈등을 나타내는 불교 용어이지요.
굳이 불교에 국한시키지 않더라도
우리 삶은 번뇌, 즉 집착을 버리지 못해
끊임없이 고통받는 과정에 있습니다.

우리는 수천수만 가지의 계획을 세우며 살아갑니다.
어느 대학에 가야지, 어느 회사에 취업해야지,
살을 빼야지, 돈을 모아야지, 이걸 사야지,
이런 남자 또는 저런 여자랑 결혼해야지,
남보다 더 잘 살아야지,
마음으로 품는 계획들은 대개 이런 것들이지요.

남처럼 살기 위한 계획들,

남처럼 살아가기 위한 생각들이
우리를 번뇌에 휩싸이게 하는 것은 아닐까 생각합니다.
삶을 풍요롭게 하는 따뜻한 계획보다,
악착같이 남과 비교하며
뒤처지지 않기 위한 계획들이 더 많다고 느껴집니다.
조금만 여유를 갖고,
집착을 버리면 더 편해질 텐데 말이지요.

현시대의 우리는 계획과 생각 안에서 고통받고 있습니다.
하지만 마치 한 조각 눈송이가
화롯불에서 사라지듯 허망하고 부질없지요.
대지와 허공이 갈라지듯,
마음을 괴롭고 복잡하게 하는 선입견과 고정관념들이
일순간에 사라져버릴 수 있습니다.
부디 모두 번뇌를 걷어내고 집착을 버려
마음에 사랑과 평화를 찾으시길 바랍니다.

#061

마음에도 두 개의 다리가 있습니다

우리가 모여 있을 때 마땅히 해야 할 일이
바로 설법과 침묵입니다.
나와서 말하는 사람이 있으면
묵묵히 그것을 듣는 사람이 있어야 하지 않겠습니까.

우리는 이 두 가지를 다 할 줄 알아야 합니다.
좋게 이야기할 수 있어야 합니다.
한 마디 한 마디가 따뜻한 말, 건강한 말, 긍정적인 말,
그리고 무엇보다 내가 아닌 너를 위하는 말이어야 합니다.
또한 긍정적으로 들을 수 있어야 합니다.
양보하고 배려하며
어떤 방식으로든 이해하려 애써야 하는 것이지요.

그러나 모든 모임이 바람직한 설법과 침묵으로 가득하기란

결코 쉽지 않습니다.
나서서 행하면 설쳐 댄다 하고,
가만히 있으면 냉정하다 말하는 세상입니다.
참으로 쉬운 일이 없습니다.
하나 나서는 사람이 없을 때는 나라도 나서야 하고,
나서는 사람이 많을 때는 하던 일을 접고
한 발짝 물러날 줄도 알아야 합니다.

이것이 바로 설법을 하는 자비심이고
묵묵히 물러날 줄 아는 지혜로움입니다.
부처님의 두 다리는 한쪽은 자비의 다리,
다른 한쪽은 지혜의 다리라 하지 않던가요?
이처럼 멋진 두 다리가 있다면
팍팍한 이 세상 살아내는 일이 무어 그리 힘들겠습니까.

#062

버리는 두려움을 이겨내세요

참으로 단출한 수행자의 살림입니다.
어느 스님은 말씀하셨습니다.
가진 것이 없어서 더 행복하다고요.
무언가를 갖게 되었을 때에만 행복함을 느끼는 사람들은
잘 이해하지 못할 수도 있습니다.
그러나 가지지 않았을 때 느끼는 행복도 분명 존재합니다.

법정 스님이 그러셨습니다.
'이게 없으면 죽는다'는 것만 빼고는 갖지 말라고요.
수행자들이야 당연하지만
속세를 살아가는 중생들은 그럴 수는 없지요.
하지만 간소화하는 습관을 길러야 합니다.
자꾸 비우고 버리는 연습을 해야 합니다.

모으고 쌓는 것이 좋은 일도 옳은 일도 아닙니다.
더 많은 걸 가지려고 할수록,
더 많은 걸 누리려고 할수록
삶은 더욱 복잡해지고 불편해지고 힘들어집니다.
비우고 버려보세요.
그러면 마음도 삶도 홀가분해집니다.

#063

오늘 하루도 잘 사셨습니까

오늘 하루를 잘 살지 못해 억울해하고
원통해하는 사람은 그리 많지 않습니다.
사촌이 땅을 사니 배가 아파 원통하고,
맛있는 음식을 마음껏 먹지 못해 원통하고,
제대로 대접받지 못해 원통한 경우가 훨씬 더 많습니다.
그 마음으로 어찌 더 나은 내일을 살아갈 힘이 날까요?

수행하는 사람, 기도하는 사람이 아니더라도
해 질 무렵이면 모두가 한번 돌아보면 좋겠습니다.
오늘 내가 선한 일을 얼마나 했는지 말입니다.
그리고 부족한 마음과 아쉬운 마음을
새로운 내일을 위한 원동력으로 삼을 수 있으면 좋겠습니다.

저는 '일신우일신 日新又日新'이라는 말을 참 좋아합니다.

사람들이 책을 가져와 글을 써달라 청할 때에도
망설임 없이 이 말을 적어 넣곤 합니다.
이 말처럼 우리 하루하루 새롭고 또 새롭게 살아가자.
늘 새로운 희망을 향해서,
새로운 수행을 향해서 한 걸음 한 걸음 나아가자.
깨끗한 마음으로 날마다 새롭고 또 날마다 새롭게.

생각만 해도 이 얼마나 좋습니까.
다음을 꿈꾸고 기약하는,
다음을 상상하는 삶은 긍정으로 가득해집니다.

#064

비질하는 것도 마음을 닦는 일입니다

여러 대중이 사는 큰절에서는
아침 공양을 마치면 매일 마당을 씁니다.
마당이 더럽거나 깨끗하거나
관계없이 진행되는 당연한 일과입니다.

때로 스님들이 깨끗한 마당을 쓸고 있으면
어떤 사람들은 쓸 것도 없는데
왜 할 일 없이 마당에 비질을 하느냐고 묻기도 합니다.

절에서 마당을 쓰는 몇 가지 이유 중 하나는
어지러운 사람들의 발자국을 쓸어내는 비질입니다.
산사의 아침은 어제의 발자국을 지우는 일에서 시작되는 것이지요.
비질을 하는 것도 마음을 닦는 수행 중 하나입니다.
마음에 기쁜 생각이 일어납니다.

빗자루는 단단하게 잘 엮어졌고
비질 뒤의 발자국은 가지런합니다.
새 발자국이 차곡차곡 모입니다.
어떤 마음의 발자국 오갔을지 오늘 하루를 기록하며,
내일의 마음을 기다립니다.

#065

사랑이라는 기적이 찾아옵니다

서산 부석사 주지로 있을 때
저는 종종 근처 산골짜기 개울가에서 발을 씻었습니다.
아무도 없는 산중 봄 햇빛 아래
차가운 개울물에 발을 담그는 것은 호사였습니다.

새들은 지저귀고, 바람은 청명하고,
머리 위로 내려오는 햇빛은 정신을 닦아내는 듯했습니다.
묵었던 마음을 씻어내는 기분이었습니다.
봄이 아니어도 좋습니다.
기회가 되면 한번 해보세요.

우리는 매일 세수를 하고 몸을 씻는 샤워를 합니다.
그러다가 문득 그런 생각을 해봅니다.
얼굴과 몸은 매일 물로 닦아내는데,

업무와 만남의 관계 속에서
스트레스 받은 때묻은 마음은 닦아내며 살아가고 있는가.

어떤 방법으로든 마음이라는 것,
정신, 영혼이라는 것을 정화시켜내는 시간이 꼭 필요합니다.
독서를 하는 방법도 있을 것이고,
음악 감상을 하는 방법도 있을 것이고,
잠들기 전 십 분씩 명상을 할 수도 있을 것입니다.

저는 매일 얼굴과 몸을 씻을 때
마음도 함께 닦아내라고 권합니다.
예를 들면 오늘 내가 화를 냈던 마음을
이 물과 함께 씻어내겠다.
너무 욕심이 많고 과했던 생각,
혹은 잘못 판단했던 것들을 몸과 함께 씻어내겠다.

그런 생각만으로도 마음이 충분히 깨끗해질 수 있습니다.
몸을 씻는 것이 곧 마음의 욕심을 씻는 일이고,
마음이 깨끗해지면
텅 비고 환히 밝아 씻을 티끌이 없다고 말합니다.

다만 마음에 걸리는 것이 있다면

전생의 업이려니 하고 스스로 참회할 일입니다.
굳이 법당에서 기도로 때를 씻지 않아도 됩니다.
그러니 그 어떤 방법으로라도 닦는 연습을 하세요.
마음을 잘 닦아놓아야
언제 어디서든 사랑이 깃들 수 있습니다.

#066

고민은 버리고 깨달음은 얻습니다

대개 사람들은 아홉을 가지고 있으면서도
열을 채우고자 합니다.
아흔아홉을 가지고 있으면서도
백을 채우기 위해 모자란다 말합니다.
천을 채우고 만을 채워도 늘 부족한 셈입니다.
세상에서 가장 가난한 사람이지요.
천석꾼에게는 천 가지 고민이 있고
만석꾼에게는 만 가지 고민이 생기는 법입니다.

평생 돈만 모으며 강남에 수백억짜리 빌딩을 지닌
60대의 남자가 어느 날 췌장암 말기 선고를 받고
병원을 찾았습니다.
봄날 병실 창밖으로 진달래꽃이 만발하고
새들이 날아드는 것을 보고 눈물을 흘리며 말했습니다.

"진달래꽃 빛깔이 저렇게 환하고 아름다운지 처음 알았습니다.
새들의 지저귐이 이토록 천진하고 자유로운지 처음 알았습니다."

육십 평생 동안 돈만 벌고 돈만 보았던 것입니다.
그는 자신이 세운 빌딩을 유지하고,
그 속에서 일어나는 수많은 문제들로 고민하며
밤잠을 자주 설쳤다고 합니다.
양쪽 미간에 주름이 잔뜩 잡혀 있었습니다.

그는 자신이 곧 죽을 거라는 충격적인 사실에
처음에는 화를 내고 받아들이지 못했지만
얼마 지나지 않아서 마음을 내려놓고
편해질 수 있었다고 합니다.
바로 한 가지, 집착을 버린 것입니다.

죽을 때까지 무엇 하나 내려놓지 못하고
가는 사람이 대부분인데
그나마 호탕하게 놓을 줄 아는 분이었습니다.
이 책을 읽는 분들이 아까워서, 아쉬워서
내려놓지 못한 집착에서 자유로워질 수 있기를 기도하겠습니다.
한 가지를 버리면 얻어지는 것이 참 많습니다.

#067

마음먹기에 따라 달라지는 삶이 있습니다

헬조선 hell 朝鮮.
얼마 전 가장 많이 언급되는 키워드가 아닐까 생각합니다.
헬조선이란 한국 사회를 지옥으로 비유한 신조어지요.
신분사회였던 조선시대처럼
소득수준에 따라 계급이 나뉘는 우리의 현실이
그대로 반영된 말이기도 합니다.

태어난 순간부터 금수저와 흙수저로 나누어지고,
가난이 대물림되며,
OECD 국가 중 가장 높은 자살률의 나라 대한민국.
우리는 진짜 지옥에 살고 있는 걸까요?
삶을 가만히 바라보면 웃는 날도 많습니다.
지금 우리 삶이 진짜 지옥 불구덩이 속처럼
끔찍하기만 한 것은 아닙니다.

지옥이라는 글자에 가려 잘 알아보지 못했을 뿐이지
모든 삶이 진정 고난과 고통만은 아닙니다.
진짜 마음먹기에 따라 달라지는 것이 인생입니다.

고려시대 스님 진각국사는
모든 고통은 마음에서 시작된다고 생각했습니다.
마음 수행의 가장 기본이 항상 밝고
긍정적으로 행동하는 것이었습니다.
그것이 도의 기본이라 생각했던 것이지요.
항상 말을 아끼고,
어리숙한 사람과 함께 해야 한다고 믿었습니다.

마음이 지옥을 만들어냈듯,
마음이 극락을 만들 수도 있는 것이니까요.
인생이 마음먹기에 따라 달라지듯
사람을 대하는 일도 마음먹기입니다.
욱하는 마음, 순간순간 찾아오는 나쁜 마음,
날카롭고 뾰족한 생각들을
남에게 보이지 않고 닦으며 사는 것이야말로
제대로 살아가는 일입니다.

인생이 고달프고, 밥벌이가 힘든 것은

고려시대나 지금이나 달라지지 않았습니다.
다만 아무리 지옥불 같은 현실이라도
어떤 마음으로 살아가느냐에 따라 달라진다는 것을,
그 이정표를 끝까지 주시해야 한다는 것을 잊지 마십시오.

#068

소중한 것을 잃어버리고서야 후회하면 늦습니다

왜 사람들은 가진 것은 생각지 않고
모자라고 부족한 것만 생각할까요.
끊임없이 남과 비교하고,
남의 것을 더 크게 여기는 마음은
언제부터 시작된 것일까요.
비교사회라고 하고 경쟁 사회라고 합니다.

남보다 뛰어나고, 남보다 더 잘나고,
남보다 더 많이 가져야만 행복하다고 생각하는 시대입니다.
다른 사람과 비교할 수 없는 재능,
다른 사람은 가지지 못한 따뜻한 관계,
다른 사람은 흉내 내지 못하는
온전한 나만의 인생을 아낄 줄 알았으면 좋겠습니다.

금수저, 흙수저라고 하지요.
부자 부모에게 부자가 나고,
가난한 부모에게 가난한 자가 난다고 합니다.
'모든 것'을 오직 돈으로만 평가하는 사회이기에
이런 말이 나온 것은 아닐까요.

잘 돌아보십시오.
우리는 돈 말고도 더 귀한 것을 많이 가지고 있습니다.
비교하고 부족하다고 생각하는 것보다,
내가 얼마나 많이 가지고 있는지
먼저 깨닫고 아는 것이 중요합니다.
아무리 좋은 곳을 여행해도 집보다 좋은 곳은 없고,
아무리 비싼 물건을 소유해도
추억이 담긴 익숙한 물건보다 좋을 수 없습니다.

내가 가진 것보다 귀한 것은 없습니다.
이 사회가 이미 가지고 있는 것을 하찮게 여기고,
더욱 욕심을 부리게 하는 것 같습니다.
내가 가진 진귀한 재능을 알아보고
귀하게 여길 줄 알아야 합니다.

내가 가지고 있는 관계들을 아낄 줄 알아야 합니다.

지금도 끊임없이 자신을 알아봐달라 소리치는
'내가 이미 가지고 있는 것들'에 눈 돌려보십시오.
소중한 것은 잃어버렸을 때야
그 가치를 깨닫는다고 합니다.
그전에 먼저 알아보고 감사하는 마음을 가져보십시오.

#069

깨닫기까지는 수행이 필요합니다

마음을 흔드는 것은 무수한 잡념입니다.
마음을 수행하는 사람에게는
티끌처럼 작은 생각도 큰 방해가 될 수 있습니다.
마음을 아무리 잘 갈고닦아도
뜻밖의 일을 당하게 되면
평정을 유지하는 것은 쉽지 않습니다.

마음이 복잡한 사람은 밥을 먹다가
속이 조금만 답답해도 큰 병에 걸렸나 걱정하고,
교통사고 뉴스만 나와도
혹시 내가 탄 차도 사고가 나지 않을까 염려합니다.
오늘이 아니라 내일을 더 걱정하고,
일어나지 않은 일을 상상으로 만들며 스스로 피곤해합니다.

인간은 그저 가만히 있어도
걱정과 근심이 가득한 존재입니다.
우리네 세상살이가 안심하고 안도하기보다는
걱정하고 번뇌하는 것이 사실이지요.
밖에서 보면 부러울 것 없이 풍족해 보이는 사람도
안을 들여다보면 저마다 고충이 있고 아픔이 있습니다.

우리의 삶을 가만히 들여다보면
공통된 것이 하나 있는데요.
바로 스스로 지옥을 파고 있다는 것입니다.
생각만 바꿔 먹으면 쉽게 지나칠 수 있는 일인데
굳이 끌어안고 힘들어합니다.
마음만 바꾸면 달라질 일들인데
굳이 크게 키워 고통스러워합니다.

마음속 작은 티끌 하나도 일으키지 마십시오.
생각을 일으키는 순간
잔잔했던 마음이 흔들리기 시작합니다.
고민이 많을수록 불행할 뿐입니다.
그저 마음 수행에 힘쓰십시오.
고달프고 어려운 세상살이 걱정일랑 던져버리세요.

예로부터 마음 법을 전해주는 고승을 선사라고 불렀습니다.
사람들을 깨달음으로 이끌 수 있을 만큼
수행에 정진한 스님을 이르는 말이지요.
이런 스님들조차도 마음 수행을 살뜰히 합니다.

저 역시 마찬가지입니다.
티끌 같은 잡념이라도
마음을 흔드는 번뇌의 불씨가 됩니다.
불씨 마음을 잘 다독이고 지혜롭게 다스리면
일생을 행복하게 살 수 있습니다.
차근차근 시작해 봅시다.

#070

그래도 되는 세상이기를 바랍니다

우리네 인생은 무척 빠르게 지나갑니다.
사실 지나고 보면 별일 아닌데 무엇을 위해
이렇게 아등바등 살아가고 있나 하는 마음이 듭니다.

더 많은 것을 갖기 위해, 더 높은 곳에 올라가기 위해
경주마처럼 앞만 보고 달려가지만
그것은 좋은 인생이 아닙니다.
우리는 잠시 이 세상에 와 육신을, 이름을, 돈을,
그 어떤 것이든 빌려 쓰고 가는 것이기 때문입니다.

저는 진심으로 바랍니다.
너무 애쓰고 아등바등하지 않아도 되는 사회이기를.
누군가를 밟고 올라서야 하는 경쟁이 아니라
함께 살아가는 상생이 넘쳐나기를.
그리고 꼭 그런 마음가짐을 가지고 살아갈 수 있기를.

#071

선한 마음이 시작됩니다

인간은 사회적 동물입니다.
사회적 동물의 가장 중요한 조건은
바로 '관계'라고 할 수 있습니다.
우리는 인간관계를 통해 소속감을 다지고,
유대감을 형성합니다.
인간관계란 물질적인 것과 정신적인 것을 고루 나누며
넓어지거나 깊어지는데요.

우리는 관계 속에서 이익을 따지며 계산하기도 하고,
앞뒤 가리지 않고 마음을 나누기도 합니다.
머리와 마음이 나누는 관계의 차이가 발생하는 것이죠.
머리가 생각하는 관계는
확실한 '기브 앤 테이크give and take'입니다.

내가 주면 받는 것이 당연하고,
내가 받으면 주는 것이 당연하다는 거죠.
이는 부모와 자식 관계에서도 발생하고,
친구나 연인 사이 또는 직장 내에서도 발생합니다.
하지만 인간을 이루는 것은 머리뿐만이 아닙니다.
마음이 하는 관계는 다른 종류라고 할 수 있습니다.

가장 가까운 예로 갓난아기를 품에 안은 어머니는
아기에게 젖을 물리는 데 계산하지 않습니다.
내가 젖을 주면 아기는 나에게 뭘 해줘야 해,
그렇게 따지거나 바라지 않는 것이죠.
온전히 사랑으로 아기를 보살피고 키웁니다.

TV를 보다가 기아에 시달리는
먼 나라 아이들의 실상을 접했다고 합시다.
우리는 가장 먼저 아이들의 배고픔을 보고
'불쌍하다'고 생각할 것이고
'그들을 돕고 싶다'는 마음을 갖게 됩니다.
머리로 두드리는 계산보다
마음이 훨씬 더 앞서는 것이지요.

서산대사는 머리카락은 희어지지만

마음은 늙지 않는다고 했습니다.

닭이 우는소리만 듣고도 깨달음을 얻는다고 하였지요.

몸은 늙어져도 마음은 늙지 않는

지극히 당연한 논리를 깨닫는 순간 삶이 달라집니다.

수많은 가르침을 담은 대장경도

원래는 하나의 빈 종이라는 것을 깨우치는 순간

우리는 삶을 진정 이해할 수 있습니다.

비어 있어서 채울 수 있고 받아들일 수 있습니다.

선한 마음은 비움에서 시작됩니다.

#072

나보다 당신이 먼저입니다

누가 물었습니다.
"스님, 어려운 선택이나 결정을 해야 할 때
어떻게 하면 좋습니까?"
정답이 잘 준비되어 있는 질문이었습니다.

"네, 본인이 책임질 수 있고
뒷감당할 자신 있다면 어떤 선택이나 결정을 해도 좋습니다.
그러나 그렇지 않다면 제3자의 시각,
즉 객관적으로 적절한 선택과 결정을 내리는 것이 좋습니다."

살아오면서 스스로나 사람들로부터 평가받는
저의 성격의 특징은 고집스러움과 고지식함을 꼽을 수 있습니다.
고집스러움은 집중력과 강한 성취감으로 동력이 되어주었으며,
고지식함은 원칙과 객관성,

또는 대중성을 바탕으로 하는 선택의 기준이 되어주었습니다.

저의 생각과 의지로 일을 추진하지만
객관성과 갈등이 일어나거나 충돌이 생기면
원칙에 기반해서 선택과 결정을 하곤 했습니다.

제가 쓴 책 중《나보다 당신이 먼저입니다》라는 책이 있습니다.
나의 개성과 고집스러움보다는 원칙과 객관성을
우선순위에 둔다는 내용이 담겨 있지요.

나보다 당신을 먼저 생각할 때,
당신의 걸음을 먼저 살필 때,
제 걸음은 그때부터 의미가 생깁니다.
올바른 방향이 생깁니다.

#073

속도보다는 방향이 중요합니다

"조금 느리게, 한 발짝 천천히."
이 말은 요즘 제가 생활의 원칙으로 삼은 것입니다.
한동안 남들보다 조금 빠르게 살아보았으니
이제는 조금 느리게 살아보자 생각했지요.
생활 속도만 조금 늦추어보자는 뜻이 아닙니다.
삶과 세상 전체를 그렇게 대하자는 것입니다.

그러니 "조금 느리게, 한 발짝 천천히"라는 말에는
'천천히 그리고 제대로 살자'라는 뜻이 담겨 있습니다.
제대로 된 방향으로 천천히 나아가자는 것이지요.

저녁에 지는 아름다운 일몰을 바라보며 오늘 하루를 돌아보고
생각할 시간조차 없다면 그것이 무슨 인생일까요.
얼마나 가여운 인생인가요.

이제는 좀 천천히, 제대로 걸어가기를 바랍니다.
편안하고 여유로운 쪽으로 마음을 이끌어보세요.

뭉근히 뜨거워지고 천천히 식는 삶을 만들어갑시다.
다른 사람의 마음에 상처를 내지 않도록 조심하고요.
혹여 상처를 냈더라도 진심으로 사과합시다.
그 상처가 다 나을 때까지 깊이 반성하고
다친 마음을 위로합시다.
그렇게 서로를 보듬으며 사랑과 배려의 힘으로
함께 살아가는 사람들이
조금씩 늘어났으면 좋겠습니다.
천천히 그리고 제대로 된 방향으로 걸어가 봅시다.
처음에는 언제쯤 괜찮아질지 의문이 들겠지만
걷다 보면 근사한 미래가 펼쳐져 있을 것입니다.

#074

비워내다 보면 그릇에 아름다움이 담깁니다

중요한 수행 중의 하나가 마음 그릇 비우기입니다.
사람의 마음은 수시로 채워지고 비워집니다.
스스로 원해서 그리하는 경우도 있고
주변의 상황에 따라 그리되는 경우도 있습니다.

어쨌거나 우리의 마음 그릇에는 세월 따라 기쁨과 슬픔,
분노와 용서, 고집과 관용이 들어서고 나갑니다.
하지만 자신의 뜻과 달리 세상의 풍파로 인해
마음이 채워지고 다시 비워지는 경우,
시간도 오래 걸릴 뿐만 아니라 고통도 많이 따릅니다.
자발적이고 적극적인 마음 비우기가 필요한 이유입니다.

무엇이든 스스로 해야 합니다.
그래야 기쁩니다.

밥도 스스로 떠먹어야 맛있지 않던가요?
억지로 먹자면 한술의 밥도 체하기 일쑤입니다.
마음도 그렇습니다. 내 마음은 내가 채워야 합니다.
그리고 내가 비워야 합니다.
그래야 행복합니다.

마음에 좋은 것들을 불러들이고,
좋지 않은 것들은 아낌없이 비워내야 합니다.
물론 쉽지 않은 일입니다.
슬픔과 분노, 고집과 아픔을 평생 가슴에 품고
비워 내지 못하는 사람들도 많습니다.
하지만 기억해야 합니다.

좋은 마음도 나쁜 마음도
시간과 함께 자라나는 법입니다.
오늘 아픈 이 마음은
분명히 내일 한 뼘 더 커져 있을 것입니다.
그만큼 더 비워 내기가 힘들어질 것입니다.
그러니 용기를 내야 합니다.
아픈 마음일랑 미련 없이 버려야 합니다.
바로 지금 말입니다.

날마다 버리자.
날마다 비우자.
아프고 슬프고 힘든 것들을 이제 그만 보내주자.
그리고 그 자리를 사랑과 희망으로 채우자.
눈으로 보기에 좋은 그릇이 아닌 마음이 보기에
흐뭇한 그릇 하나씩 가슴에 품고 살자.
사랑만으로도 풍요로운 삶이 될 수 있도록
마음속으로 되뇌어봅시다.

#075

그 어느 곳도 쉼터가 됩니다

지하철에 타면 모두가 스마트폰을 들여다봅니다.
스마트폰을 통해 텔레비전 프로그램을 보는 이도 있고,
문자를 보내는 이도 있고, 게임을 하는 이도 있지요.
무엇인가를 검색하는 이도 있습니다.
모두 저마다의 용무를 처리하는 듯 바빠 보입니다.
그들을 바라보다 문득 이런 생각이 들었습니다.
'저들의 아름다운 두 손이 스마트폰 대신
책 한 권씩 들고 있으면 얼마나 좋을까.
잠시라도 스마트폰을 내려놓고
책 속의 좋은 문장 한 줄과 만난다면 얼마나 멋질까.
조금 느리고, 조금 어렵고, 조금 지루하더라도
그 안에서 마음을 움직이는 하나의 단어를
만날 수 있다면 얼마나 근사할까.'

마음을 천천히 쓰는 법을 배우려면
우선 강제로라도 고요 속에 들어가야 합니다.

그곳이 어디일까요?
반드시 멀리 떠날 필요는 없습니다.
동네를 산책해도 내 마음을 제대로 쉬게 한다면,
고요를 찾아낼 수 있다면 충분한 것이지요.

#076

마음의 여유는 돈으로 살 수 없습니다

동남아시아처럼 과학과 문명이
조금 더딘 지역으로 여행을 가면
처음 며칠은 무척이나 느린 분위기와
지저분한 풍경에 불편함을 느낍니다.

그런데 시간이 지나면서
불편함이 점점 사라지고 여유가 찾아오지요.
차 한 잔을 마실 때도 아주 느긋한 마음이 들고,
식사도 한 시간 정도의 여유를 갖고 천천히 합니다.

초저녁부터 숙소 근처를 산책하거나
방에서 책을 읽으며 긴 밤을 맞습니다.
처음에는 밤이 그렇게 길고
지루하게 느껴질 수가 없습니다.

지겹도록 하늘을 바라보며 달과 별자리를 관찰합니다.

밤이 많이 깊었으려니 하고 시계를 보면
10시를 넘기기가 쉽지 않지요.
그러다 보면 결국 일찍 잠자리에 들게 되고,
날이 밝기도 전에 잠에서 깨어버립니다.
해는 또 왜 그리 늦게 나오는지요.

현대 문명에 익숙한 사람들을 제외한 모든 것,
해와 달, 구름과 별, 나무와 꽃 등
모든 존재들과 그곳의 사람들이 느리고 여유로워 보입니다.
이렇게 지내다 보면
왜 우리나라 사람들은 그렇게 바쁘고 또 바쁜지,
사는 게 고달프고, 힘들고, 어렵다고 하는지
자연스레 알게 됩니다.
그 고통이 그저 안쓰럽기만 하고요.

왜일까요?
시간을 놓지 않아서입니다.
무엇이든 많이 모으고 소유하려고 해서 그렇습니다.
아홉을 가졌으면서도 하나를 더 모아
열을 채우는 것이 삶의 목적이기 때문이지요.

아흔아홉을 모으고도 백을 가지기 위해서 바쁘게 살기 때문에
늘 삶이 부족하게 느껴지는 것입니다.
그렇기 때문에 마음이 항상 가난하고 삶에 여유도 없지요.

제가 동남아시아 여행 중에 만난 사람들은
겉으로 보기에는 가난해 보여도 막상 그렇지 않습니다.
마음이 부자입니다.
반면 우리나라 사람들은 어떤가요?
마음이 조급하고 불안하지요.
진짜 부자는 마음이 부자인 사람입니다.
마음의 여유는 돈으로 살 수 없습니다.

#077

손안에 짐을 덜어내면 여행의 질이 달라집니다

돌아가신 전 조계종 총무원장 법장 스님은
여행자로 치자면 정말 대단한 분이었습니다.
며칠 일정으로 미국을 모시고 가는데
스님은 짐이 전혀 없었습니다.
초등학생의 몸에나 어울릴 크기의 걸망 하나가 전부였지요.

그래서 제가 여쭈었습니다.
"아니, 스님. 짐은 어디 있습니까?"
스님은 그 걸망이 전부라고 대답하셨습니다.
그 안에는 여벌 속 옷 한 벌과 양말 한 켤레,
그리고 세면도구만 들어 있었습니다.
매일 손수 속옷과 양말을 세탁하고
겉옷은 조심해서 입는다고 하셨습니다.
한국을 대표하는 큰 스님의 살림살이가

그러한 것을 보니 새삼 놀라웠지요.

요즘에는 여행을 위해서 짐을 꾸리다가
문득 한심스러운 생각에 다시 짐을 풀곤 합니다.
한동안 큰스님의 흉내를 내느라 짐을 많이 줄였는데,
금세 다시 늘어납니다.
두 벌씩 챙기는 속옷이며 양말도 그렇고,
우산에 비옷까지 챙기는 부질없는 염려와
준비가 많이 거추장스럽습니다.

좋은 여행을 위해서는 마음을 가볍게 덜어내야 합니다.
걱정을 덜어내고 불안을 덜어내야 하지요.
욕심도 덜어야 합니다.
그러다 보면 마음이 가벼워지고
손에 든 짐도 덩달아 가벼워질 것입니다.
거추장스러운 삶에서 벗어나
휴식을 취하러 가는 여행이지요.
덜어내십시오.
마음과 짐을 덜어낸 여행은 이전의 여행들과 분명 다를 것입니다.

#078

저녁은 내려놓으라고 있는 시간입니다

겨울철 밤하늘의 가장 빛나는 별자리는 단연 오리온자리입니다.
남쪽 하늘에 높이 떠서 어떤 별자리보다 두드러져 보이지요.
모두 60여 개의 별들이 오리온자리를 이루고 있다고 하는데,
일반인의 눈으로는 사다리꼴을 이룬 4개의 별과
그 중간에 비스듬하게 나란히 선 3개의 별을 합한
7개의 별만으로도 오리온을 충분히 볼 수 있습니다.

겨울철의 오리온자리는
우리에게 무척이나 친숙한 북두칠성보다
더 쉽게 찾을 수 있을 만큼 밝게 빛납니다.
계절이 바뀌고 보니 겨우내 남쪽 하늘에서
그렇게 빛나던 오리온자리가 서쪽으로 많이 기울었습니다.
얼마쯤 시간이 더 지나면 그 모습을 감추었다가
여름이 다 지나갈 때쯤이면 다시 모습을 드러낼 겁니다.

저녁마다 '내려놓을 수 있어서
또 다른 하루를 시작할 수 있다'라는
자연의 섭리를 생각합니다.
그러다가 어둠이 내리면
서쪽 끝으로 향하는 밤하늘의 오리온을 봅니다.
대부분의 시간을 푸근한 감상에 젖어
자연과 세상을 바라보는 데에 쓰게 됩니다.
하지만 때로는 시간과 경험이 주는 과학적 사실과
지식을 통해 변화를 이해하기도 합니다.

세상이란, 또 삶이란
온전히 감상만도 아니고 지식만도 아닙니다.
다만 바라보고 살아가는 그 사람의 것이지요.
이 세상을 살아가면서 만나는 자연을 통해
마음은 물론 영혼도 성장할 수 있기를 꿈꿔봅니다.

#079

어떤 생각이 여러분의 마음에 던져졌나요?

세상에서 가장 무서운 것은 무엇입니까?
저는 종종 사람들에게 이렇게 물어봅니다.
그러면 어떤 사람은 귀신, 어떤 사람은 벌레,
또 다른 사람은 호랑이나 사자라고 대답합니다.
그렇게 무서움의 실체는 저마다 다른 것 같지만,
가만히 들여다보면 이 모든 건
그저 '생각'에서 비롯된 하나가 아닌가 싶습니다.

인디언 격언에는 이런 말이 있습니다.
"생각은 화살처럼 날아가 적을 맞춘다.
그러나 조심하지 않으면
자신이 쏜 화살에 자신이 맞아 쓰러질 수 있다."
이렇듯 생각의 힘은 무섭습니다.
생각하는 대로 들리고, 생각하는 대로 보이고,

생각하는 대로 느껴지기 때문입니다.

부처님 말씀인 일체유심조一切唯心造라는 말이 있습니다.
"마음먹기에 달렸다."
정말 단순한 말이지만 이 힘은 어마어마합니다.
심리학에는 플라시보 효과라는 것이 있습니다.
의학계에서도 자주 사용되는 용어인데요.
실제론 효과가 전혀 없는 약이지만,
효과가 있다고 믿었을 경우
신기하게도 병이 호전되는 효과를 말합니다.

물론 반대의 경우도 있습니다.
아무리 좋은 효능의 약이더라도
약을 복용하는 환자가 병이 낫지 않을 거라는
부정적인 생각을 하면
상태가 호전되지 않는 경우를 말합니다.

생각과 마음가짐의 힘이 얼마나 큰지 새삼 깨닫게 됩니다.
명심하세요.
생각한 대로 삶은 흘러갑니다.
여러분은 오늘 어떤 생각을 하셨나요.

#080

지금 이 순간 행복을 만들어가는 것이 깨달음입니다

깨달음이란 무엇인가요?
어떤 사람들은 깨달음을 대단하고
엄청난 것이라고 생각하지만 제 생각은 그렇지 않습니다.
아주 단순하고 명쾌합니다.
그저 어떤 상황에서도 행복한 것, 행복을 만들어가는 것.
저는 그것이 깨달음이라고 생각합니다.

수행에서 느끼고 배워야 할 것은
단순히 적게 먹는 것이 아니라 '만족'입니다.
많은 사람이 아홉을 가지고도 모자란다며
열을 채우기 위해 아등바등합니다.
아흔아홉을 가졌어도 부족하다며
백을 위해 달려갑니다.

그리고 비교합니다.
없다, 부족하다, 적다, 갖고 싶다, 먹고 싶다, 사고 싶다….
우리는 얼마나 많은 욕망에 둘러싸여 살아가고 있는지요.

그리스, 페르시아, 인도 등
넓은 땅을 정복하여 대제국을 건설했던
마케도니아의 알렉산더 대왕도
죽을 때는 고작 몸을 누일 땅 한 평이면 된다며
무소유의 삶을 실천하다 떠났습니다.
모으고 쌓고 넓히고 늘리지 마세요.
그럴수록 갈증은 심해집니다.

이 글을 읽는 지금 이 순간 이렇게 한 번 말해보세요.
"지금 이대로 만족한다!"

#081

세상 모든 사람들이 마음의 주인이 되기를 바랍니다

크게 쓰려고 하면 온 우주를 다 담아도 넉넉한 여유가 있고,
작게 쓰려고 하면 바늘 끝 하나 세울 자리도 없는 것이 마음입니다.

마음의 작용은 이처럼 대단한 것이지요.
많은 사람들이 '내 마음대로' 살고 있는 것처럼 말하지만
그 삶을 잘 살펴보면 마음에 끌려 살아가는 경우가 대부분입니다.
마음의 주인으로서 자신의 마음을 쓰면서 사는 것이 아니라
마음의 부림을 받으며 살아가는 셈이지요.
마음의 주인 노릇을 하면 우주도 담을 수 있지만,
마음에 끌려다니는 종노릇을 하면 바늘 끝도 세우기 어렵습니다.

단번에 마음의 주인 노릇을 하기란 쉬운 일이 아닙니다.
마음의 주인 노릇을 하려면

우선 조금씩 마음을 천천히 쓰는 법을 배우고 익혀야 합니다.
마음에 끌려가며 사는 것이 아니라
마음을 쓰며 살아야 함을 아는 것이
마음 쓰는 법을 배우는 것입니다.

천천히 조금씩 그리고 꾸준히 하면 어려운 일이 없습니다.
전력을 다해 빠른 속도로 100미터를 뛴 사람들은
숨을 헐떡거리며 주저앉아 쉬어야 하지만,
천천히 느리게 10리 길을 걸은 사람은
몸과 마음에 여유가 깃들어 있습니다.

어리석은 사람들은 자기 마음을
100미터 달리기하는 사람처럼 쓰고,
지혜로운 사람들은 10리 길을 가는 사람처럼 씁니다.
세상이 아무리 바쁘고 급해도
10리 길을 가는 사람처럼 천천히 여유 있게
마음을 쓰는 법을 배우고 익혀 보길 바랍니다.
마음은 장거리 마라톤과 같습니다.
멀리 보고 페이스 조절하며
타인이 아닌 자신과의 싸움을 하는 것이지요.

#082

당신은 어떤 그릇을 빚고 있나요?

불교에서는 마음을 그릇에 비유하기도 합니다.
물은 고정된 모양이 없지만
담는 그릇에 따라 모양이 결정됩니다.
동그란 그릇에 담긴 물은 동그라미 모양이 되고,
네모난 그릇에 담긴 물은 네모 모양이 됩니다.
원래 그런 모양이었던 것처럼 말입니다.
마음도 이와 다르지 않습니다.
마음이란 외형으로 드러나는 모양과
똑같이 움직이는 법입니다.

어찌 보면 수행修行이란
외형으로 드러나는 행동을 통제하고 관리해서
마음의 모양을 잡아가는 과정일지도 모릅니다.
불교의 수행에 있어

특히 초심자들의 경우 무척 세밀한 행동과 동작까지
철저하게 원칙을 지키도록 합니다.
엄격함을 통해서 마음도 바른 모양으로
자리를 잡아가게 되는 것입니다.

훌륭한 수행자는 내면의 깊은 깨달음뿐 아니라
드러나는 언어와 행동이 철저하게 원칙과 부합합니다.
세상을 살아가는 보통 사람들의 경우도
크게 다르지 않습니다.
성공한 정치인, 기업가, 학자들은
철저한 자기 관리를 기본으로 합니다.
자기 관리의 기본은 철저한 약속 지키기, 엄격한 시간 지키기 등
외형으로 드러나는 크고 작은 행동과 습관의 통제입니다.

언어와 행동이 일치하고
그 삶을 꿰는 일관된 행동 양식을 지니고 있어야
어떤 분야에서건 성공할 수 있는 것입니다.
단 하나로 뭉쳐지는 통일성,
명확한 질서는 파동 하나 없는 평온함을 만듭니다.
잘 만들어진 그릇에는 파동이 없습니다.

#083

놓을 수 있는 용기가 필요합니다

탐욕은 불교의 십악 중 하나입니다.
부처님은 늘 탐욕을 경계해야 한다고 설법하셨습니다.
집착은 탐욕을 부릅니다.
그리고 그 탐욕의 말로는 결국 불행뿐입니다.

천 길 벼랑 끝 나뭇가지를 붙잡은 손을 놓을 수 없다면
반드시 기억하세요.
결국 놓을 수밖에 없다는 것을요.
버림과 비움만이 미덕입니다.

떠나야 할 때 떠나는 자의 뒷모습은 아름답습니다.
버릴 때 버릴 줄 아는 자는 더 많은 것을 얻게 됩니다.
우리에게 지금 필요한 건 놓을 수 있는 용기입니다.

그래야 최선의 방향으로 한 발 더 나갈 수 있으니까요.
그래야 더 많은 것을 느끼고 성장할 수 있으니까요.

놓을 수 있다고 마음을 먹게 되는 순간
그 전에는 전혀 알지 못했던
설렘과 희망이 마음에 깃들게 됩니다.
수많은 부정과 번민의 굴레를 벗어던지고
새로운 바람이 닿는 살 위에 날개가 돋아날 것입니다.

나의 생각이 결국 나를 더욱 가볍게 하고 자유롭게 할 것입니다.
스스로 창조한 자유로 들어선 순간
놓지 못했던 과거의 그것들이 하염없이 작게만 느껴질 것입니다.
모든 것은 당신이 놓을 수 있는 용기에 달려있습니다.

#084

삶을 책임지는 것도 중요하지만 잘 쉬는 것도 중요합니다

사전적 의미로 직업職業은 '사회생활을 하는 사람들이
각자의 재능과 능력에 따라 업에 종사하며
정신적, 육체적 노동의 대가로 경제적 급부를 받아
생활을 지속하는 활동 양식'이라고 합니다.

일반적인 종교인의 생활과 활동이
노동이라는 범주에 적합한가도 그렇고,
종교인들에게 주어지는 기부와 시주가
'경제적 급부'라고 해야 하는지도 분명하지 않습니다.

그래서일까요,
종교인의 까다로운 밥값이 부담스러운 어떤 스님은
농부와 어울려 농사를 짓기도 하고
또 어떤 스님은 차를 만들거나 도자기를 구우며

직접 생산 활동을 합니다.
종교인이지만 별도의 직업을 가지고
자신의 힘으로 경제적 문제를 해결함으로써
신도들로부터 보다 자유로운 삶을 추구하는 것이지요.

이 세상을 사는 사람들은
자신의 몫만큼 짐을 지고 살아가야 합니다.
그 짐이 때로 크고 무거워서
견디기 힘들어도 감당해야 하지요.
"삶에서 견딜 수 없는 고통은 없다"라고 하듯이
삶의 본질은 '견딤'에 있는 까닭입니다.

그런데《아함경》에는 "무거운 짐을 내려놓고 나면,
이제 더 이상 무거울 것이 없다"라고
내려놓음의 진리에 대해서 이야기합니다.
공연히 자기 스스로 무거운 짐을 지고
고통을 자초하는 것은 아닌지 돌아보게 만드는 말이지요.
그렇습니다.
때때로 지고 있는 짐이 무거우면 내려놓고
쉬는 것도 좋을 것입니다.
자신만의 화두에 대한 답은 지난 시간을 되돌아보면서
천천히 생각하는 것도 방법이 될 것이라고 믿습니다.

4장. 보지 못하는 것을 본다는 것

주경스님의 사랑의 아포리즘

#108

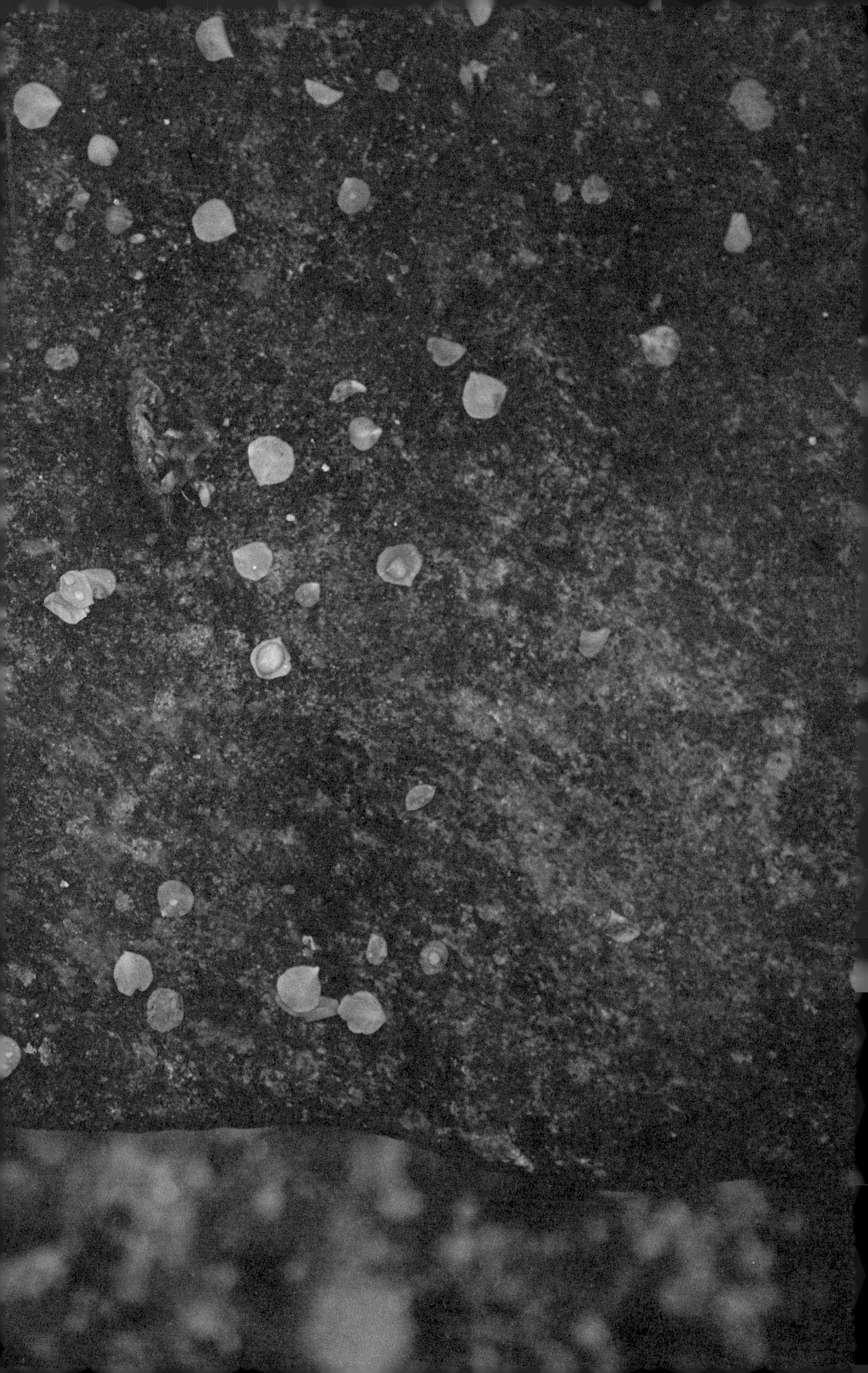

#085

보지 못하는 것을 본다는 것 2

기다림은 보지 못하는 것을 보게 해주는 힘이 있습니다.
늦더라도 천천히 가고 바쁘더라도 쉼을 마련해서 가는 삶은
보이지 않던 것을 보게 하는 마력이 있습니다.

마음이 조급하고 여유가 없고
상황이 힘들고 어려울수록
중요한 것들이 보이지 않습니다.
보이는 것들에만 집착해 있지 말고
그럴수록 그 시각에서 빨리 벗어나서
지금 보이지 않는 것들, 보지 못하는 것들을 떠올려보세요
무엇이 있을까요.

나를 묵묵히 기다려주고 후원해준 부모님처럼

나의 가능성을 발견하고 발탁해준 스승처럼
보지 못하는 것을 본다는 것은
나도 누군가를 손잡아 일으켜 세워줄 수 있고
앞으로 나아가게 해줄 수 있는, 끈이 되어준다는 것입니다.

이 세상에는 그런 눈들이 정말로 많이 필요합니다.
그 눈은 기다림에서 옵니다.
내 마음의 쉼에서 옵니다.

뒤를 되돌아보고 그 뒤와 앞을 내어주는
겨를이 있는 삶
보지 못하는 것을 본다는 삶.

#086

지금도 늦지 않았습니다

겨울이 지나고 오는 것이 봄이라지만,
길고 긴 인생을 살아가다 보면
봄이 오는 순간을 알아채기란 쉽지 않습니다.
지나고 나서야 비로소 내 인생의 봄날이 그때였음을
깨닫는 경우도 허다합니다.

그때 공부를 더 해야 했다며,
그때 그 사람을 더 사랑해야 했다며
가슴을 치기도 합니다.
그랬더라면 지금 더 훌륭한 사람이
되어 있을 것 같고,
지금 더 행복할 것만 같습니다.
팍팍한 세상 속에서 부대끼다 보면
지금의 내 인생은 겨울인 것만 같습니다.

봄을 그냥 흘려보낸 탓에
가을에 아무런 열매도 거두지 못한 채
혹독한 겨울을 그저 견뎌내고 있는 것만 같습니다.
하지만 인생의 모든 순간이 또 다른 봄날일지도 모릅니다.

그때 공부를 더 해야 했다는 후회가 든다면,
지금 공부하면 됩니다.
그때 그 사람을 더 사랑해야 했다는 후회가 든다면,
지금 내 곁에 있는 사람을 더 사랑하면 됩니다.

그렇게 내 인생에 봄날을 선물하면 됩니다.
노력 없이는 어느 시절에도 봄이 올 수 없습니다.
내 인생에 봄을 선물할 수 있는 이는 오직 나 자신뿐입니다.
내 인생의 봄날에 만난 모든 인연을 소중히 여겨봅시다.

그것이 무엇이든 단단히 뿌리내리고 튼튼하게 줄기를 뻗고
아름다운 열매를 맺을 수 있도록 애써봅시다.
한 톨의 업도 남기지 않도록 모든 순간을 열심히 살아냅시다.

#087

이번 생을 잘 살아야 다음 생이 빛납니다

얼마 전 우리 절에서 경전 공부를 시작했는데
마을에 사시는 일흔 넘은 할머님이
당신도 공부를 하겠다며 찾아오셨습니다.
전에는 공부하자고 해도 늙어서
무슨 공부냐며 마다하시던 분이었습니다.

그런데 공부를 하겠다고 몸소 찾아오셨습니다.
사람은 평생 공부해야 합니다.
나이 든 분들도 마찬가지입니다.
아니, 더 열심히 공부해야 합니다.
내생을 대비해야 하기 때문이지요.

다음 생을 준비하려면 나이 들어서 공부해야 합니다.
그래야 다음 생에 좋은 데로 날 것이 아닌가요.

다음 생에 학자로 나고 싶다면 금생에 책을 좀 봐야
다음 생에 학자의 씨가 심어질 것이고,
예술가로 나고 싶다면
금생에 그림이라도 그려보아야 할 것이고,
왕자나 공주로 나고 싶으면 품위 있게 말하고
행동도 점잖게 해야 할 것입니다.

그래야 다음 생에 그렇게 나지 않겠습니까.
그런데 나이 들어 눈도 어두워지고 귀도 어두워지고
공부하기 힘들어서 못하겠다며 뒷걸음질 쳐버리면,
그러면 그냥 별 볼일 없는 곳에서 태어나고 말 것입니다.

이런 내용의 법문을 몇 번 했더니
그 할머님이 듣고는 공부하러 오신 것이지요.
그것도 무척 열심히 하셨습니다.
한데 경전 공부를 다 마치더니 이렇게 말씀하셨습니다.
"아이고 들으면 무엇 하나, 방문만 나서면 다 까먹을 것을."

그래도 괜찮습니다.
자꾸만 잊어도 됩니다.
또 공부하고 또 들으면 됩니다.
공부하려는 의지, 그것이 중요합니다.

바로 그 마음이 씨앗이 되는 것이고 원력이 되는 것입니다.
내 이번 생을 움직일,
내 다음 생을 지켜줄 힘이 되는 것입니다.

#088

기다림은 결국 스며들게 만듭니다

알려주어도 가지 않는다면
그 길을 어찌 길이라 할 수 있겠습니까.
여러분에게도 분명 그러한 경험이 있을 것입니다.

남편에게 아내에게 자식에게
쉴 새 없이 길을 제시하려 애썼을 것입니다.
하지만 귓등으로 흘려듣고 마는 그들을 보며
답답해서 가슴을 친 적도 많았겠지요.
안타까움에 속을 태운 날도 헤아릴 수 없겠지요.

귀를 막고 눈을 감은 채로는
절대 성장하고 발전할 수 없습니다.
듣는 사람이 마음을 내지 않으면
그야말로 소귀에 경 읽기일 뿐입니다.

닫힌 귀를 열 수 있는 사람은 자신뿐입니다.
온전히 본인의 몫인 것입니다.

그러니 스스로 마음을 내어 듣고
실천하는 습관이 몸에 밸 때까지 기다려주어야 합니다.
기다림은 천천히 스며들게 만듭니다.
천천히, 그렇게 내 삶이 됩니다.

#089

100년이라는 세월도 하루가 모여야 가능합니다

요즘은 적어도 여든까지는 거뜬히 사는 추세입니다.
100세까지 사는 것도 어려운 일이 아니고
120세까지 사는 분들도 있다 합니다.
지금 일흔인 분이 100세까지 산다면,
앞으로도 30년을 더 살아야 하는 셈이지요.

나이가 들면 세월도 굉장히 느리게 간다고 합니다.
달팽이 기어가듯이 아주 천천히 간다지요.
물론 빨리 간다고 느끼는 분들도 있을 것입니다.
그런 생각이 든다면 그만큼 더 부지런해야 하고
더 꼼꼼한 계획이 필요할 것입니다.

여러분은 지금쯤 '인생은 이런 것 같다' 하고

나름의 결론을 내렸을지도 모르지요.
그렇다 하더라도 새롭게 계획을 짜봅시다.
비록 언제 멈출지 모르는 것이 인생이라 하더라도
망설임 없이 새로운 승객을 태웁시다.
희망, 꿈, 가능성이라는 이름을 가진
멋진 승객을 말입니다.

저는 너무나도 소중한 하루하루를
절대 허투루 지나가게 하지 않겠다는 다짐과 함께
잠들기 전에 밥값을 했는지 따져볼 것입니다.
여러분도 한번 곰곰이 생각해 봅시오.

'나는 오늘 밥값 제대로 했는가?
오늘 하루가 나에게는 과연 어떤 의미였는가?'
그렇게 하루하루를 모아봅시다.
100년 그리 멀지 않을지도 모릅니다.

#090

차근차근 나아가면 됩니다

스님들도 10년, 20년, 30년 수행을 해도
그 수행에 발전이 없어서 가슴이 꽉꽉 막힙니다.
분통을 터뜨리며 가슴을 치는 스님들도 있습니다.
'내가 이렇게 수행을 하고 공부를 하고 참선을 하는데
왜 공부 발전이 없지? 왜 번뇌는 그대로 있지?'

누구나 그럴 때가 있습니다.
열심히 살아왔음에도 불구하고
아쉬운 후회가 밀려들 때가 있기 마련입니다.
하지만 그것이 바로 공부하는 과정입니다.

하루 잘 되었다고 덩실덩실 춤출 것도,
하루 안 되었다고 눈물을 철철 흘릴 것도 없습니다.
묵묵히 우물의 물을 길어 올리는 두레박처럼,

그저 하루하루 악업을 덜어내고 선업을 쌓으면 됩니다.

바로 그때 공부가 잘 되는 것이니,
비로소 한 단계 성장할 수 있는 것이니
그때를 놓치지만 않으면 됩니다.

#091

길을 만드는 건 스스로의 변화에서 시작됩니다

백척간두百尺竿頭는 백 자나 되는
높은 장대 위에 올라섰다는 말입니다.
그만큼 극도로 위태롭다는 뜻이지요.
어떻게 보면 몹시 어렵고 힘들고 위태로운 경우라도
어떻게 생각하고 받아들이느냐에 따라
상황이 달라진다는 것입니다.

한 번 상상해 보세요.
여러분이 길을 걷는데 앞에 낭떠러지가 있습니다.
그러면 어떻게 하시겠습니까?
'이제 더는 갈 수 없구나! 끝이다!' 생각하고
포기하고 왔던 길을 되돌아가실 건가요?
그렇다면 정말 모든 건 그냥 그렇게 끝나버리겠지요.

하지만 주변의 나무 덩굴과 풀잎으로 밧줄을 만들어
낭떠러지를 내려가면 이야기는 달라집니다.
당신은 낭떠러지에서도 길을 만든 사람이 될 테니까요.
상황이 어렵다고 불만만 늘어놓으며
불안해하기보다는 마음의 지략과 용기를 내어
과정을 발전시키는 연습이 필요합니다.
아주 작은 생각부터 바꿔보세요.
그 작은 생각이 여러분의 삶에 큰 변화를 가져다줄 것입니다.

더 이상 아무것도 할 수 없는 꽉 막힌 상황에서
주저앉아 멈춰있지 말고 무언가를 해야 합니다.
그때 빛이 보이고 길이 열립니다.
아무것도 하지 않으면 아무런 변화도,
길도 보이지 않습니다.
조금이라도 변화를 만들어보세요.
변화는 빛과 길이 합쳐진 말일지도 모릅니다.

#092

즐거움은 내 안에서 찾아집니다

세상의 밝고 어두움을 느끼는 것이 어찌 사람뿐이겠습니까.
새와 들짐승도 함께 느끼고
풀과 나무도 천지자연의 변화를 다 똑같이 느끼고 반응합니다.
세찬 비바람에 흠뻑 젖어 날개를 접은 새도 그렇고,
가지를 꺾이고 뿌리가 패여 몸을 누인 나무도
세상의 풍파에 고개를 숙이는 것이지요.
하지만 비바람이 지나고 나면 새들도 다시 날개를 펴고
초목도 싱그러운 기운을 냅니다.
불가에서는 세상 만물이 본래 청정하다고 합니다.
청정함은 맑고 깨끗한 것이니 참으로 즐겁고 기쁘지 않겠습니까.
황사도, 성난 빗줄기도 잠깐 지나는 일일뿐,
세상은 본래 화목하고 즐거운 것이지요.
늘 하루하루 쾌청한 하늘과 더불어
내 안의 본래 즐거움을 다시 찾아보기를 바랍니다.

#093

나를 찾아내는 공식을 배우세요

현대를 살아가는 사람들은
늘 '나'한테만 집착하는 경향이 있습니다.
그것을 일컬어 나는 '아이, 마이, 미I, MY, ME'
법문이라 부릅니다.

초등학교 때 일기를 쓰면
모든 문장은 '나'로 시작합니다.
'나는 오늘 자장면을 먹었다. 맛있었다. 또 먹고 싶다.'
'나는 오늘 놀이공원에 갔었다. 재미있었다. 또 가고 싶다.'
이처럼 말입니다.
'I'의 시기인 것이지요.

그런데 중고등학교에 가면
'내 것'이라는 소유의 개념이 생겨납니다.

'MY'의 개념.
어릴 때는 그처럼 내 것에 대한 고집이 없었는데 말입니다.
중고등학교에 가면 누가 내 물건에 손이라도 대면
마구 짜증을 냅니다.
아무도 손을 못 대게 합니다.

스무 살이 넘어가면 이런 현상이 조금 약해집니다.
그 대신 새로운 개념이 형성됩니다.
'나한테 그러지 마.'
'나한테 이것 좀 해줄래?'
'나한테 선물 좀 사주지?'
이처럼 'ME'가 생각의 중심에 서게 됩니다.

우리 인생은 이렇듯 '나는'에서 '내 것'으로,
다시 '나한테'로 이어지는 과정을 거칩니다.
그런데 정작 '나'는 누구인가 물으면
대부분 '잘 모르겠다'는 답이 돌아옵니다.
어쩌면 그것이 정답일지도 모릅니다.
나를 정확하게 찾는 일이란 불가능할지도 모르는 것이지요.

다만 '나'를 둘러싸고 있는 타인을 통해
내 가치를 굳건히 할 수는 있습니다.

나를 찾아내는 건 내 주변의 타인들과 좋은 시간을 보내며
자연스럽게 이루어지는 일일지도 모릅니다.
타인과 있을 때 내 모습은 어떤지,
그때 나는 베푸는 것을 좋아하고 있지는 않은지,
아니면 무엇인가를 원하고 있는지
한번 진짜 나를 만나보십시오.

#094

진짜 주인공은 누구일까요

주인공이란 자신의 의지와 상관없이
세상의 잣대를 충족시키며 살아가는 허깨비일지도 모릅니다.
스스로의 의지로 자기가 하고 싶은 일을 하며
소박하지만 즐겁고 만족스러운 인생을 사는 사람들,
그들이 진정한 주인공이 아닐까 싶습니다.
당신은 왜 인생의 주인공이 되려 하는가?
보다 윤택하고 자유롭고 행복하기 위해서라면,
곰곰이 생각해 볼 일입니다.
반드시 화려한 무대의 주인공이 되어야
그 모든 걸 이룰 수 있는 것인지 말입니다.

화려한 무대의 주인공이 된다면
조금 더 윤택한 삶을 살 수 있을지도 모르겠지요.
하지만 그로 인해 더 자유롭고 행복할 수 있으리라

그 누가 장담할 수 있을까요?

길가에 핀 한 송이 여린 들꽃도 제 삶의 주인공입니다.
이름조차 없는 한 줄기 잡초 또한 제 삶의 주인공입니다.
화려한 연극의 '행인1'과 '친구2'도
저마다 제 인생의 주인공이겠지요.
야운 스님의 말씀처럼 제 삶의 주인 노릇을 하는 사람이
진정한 주인공인 것입니다.

자신의 일에 충실하고 만족할 줄 아는 당신,
지금 이 글을 읽으며 가슴 뛰는 자신을 발견하는 당신이
바로 진정한 주인공입니다.

#095

깨달음에 한 발짝 더 다가서는 방법이 있습니다

화두를 굳게 잡고
온 마음으로 수행해야 한다는 선사의 말이 깊이 와닿습니다.
글씨를 멋지게 쓸 수만 있다면
붓글씨로 써서 사람들에게 나누어주고 싶습니다.

사실 살아가는 일 자체가 수행입니다.
시험공부를 하는 일, 입시를 준비하는 일,
취직 시험을 준비하는 일, 밥벌이를 하는 일,
승진 시험을 준비하는 일, 아이를 키우는 일.
그 모두가 수행이며 고통이고 시련입니다.

우리는 매일매일 마음을 다잡고
좀 더 나은 삶을 위해 노력하지만,
때때로 다잡은 마음이 흔들리곤 합니다.

그리고 마음에 의심이 솟아나기도 합니다.
이렇게 사는 게 맞는 건지,
제대로 된 길을 가고 있는 건지 하고 말입니다.

저는 그럴 때마다 사람들에게 이야기합니다.
심한 고통과 시련을 거친 사람들의 삶에는 향기가 있는데,
그 향기는 깊고 그윽하고 오래 멀리 간다고요.
그러니 지금까지 해왔던 것처럼
앞으로 뚜벅뚜벅 걸어가라고 응원합니다.
지금 이 순간을 잘 견디면 좋은 날이 온다고요.

성공과 행복은 저절로 이루어지는 것이 아닙니다.
수많은 도전과 좌절, 끊임없는 노력이 있어야 가능합니다.
그러니 힘들고 고생스러울 때마다
향기가 생겨나는 과정이라고 생각하세요.
내가 붉게 익어가는 중이라고요.

#096

그래도, 실패는 성공의 어머니입니다

요즘 사람들은 초등학교 때
아이의 미래가 거의 결정된다고 말합니다.
그래서 학교에 입학하기 전부터
선행학습을 통한 자질 향상이 필수라고 강조합니다.

초등학교에 들어가기 전부터 시작해서
고교를 마치고 대학에 갈 때까지
잘 짜인 프로그램에 따라 무사히 과정을 마쳐야
성공적인 사회인으로 진출할 수 있다는 것입니다.
듣기만 해도 참 갑갑한 이야기입니다.
이렇게 프로그램에 의해 사육되듯이 길러지는 아이들이
중심인물이 되는 게 우리 사회의 미래라면,
그 미래는 상상조차 하고 싶지 않습니다.

우리가 자랄 때 가장 많이 듣던 말 중 하나는
'실패는 성공의 어머니'였습니다.
사람은 성장 과정에서 시행착오를 거듭하게 됩니다.
이런 시행착오와 실수, 실패를 통해
점차 완숙해지는 것이 바로 인간입니다.

옛 어른들은 젊어서 고생은 사서도 한다고 하여
젊은 시절의 다양한 경험이 인생을 더욱 풍성하고
윤택하게 만들어준다고 가르쳤습니다.
젊은 시절의 실패와 고난은 사람이 성장하는 데 있어서
기본적이며 필수적인 요소인 것입니다.
한 단계 나아가는 일은 실패에서 비롯됩니다.
포기가 아닌 실패를 하시길 바랍니다.
실패는 한 걸음 더 나아가는 계기를 만들 것입니다.

#097

새 신을 신으면 발이 아픕니다

여행을 준비하면서 새 신을 하나 장만했습니다.
기능이 좋고 가볍고 편한 신발이 필요했기 때문입니다.
오랜만에 새 신을 신은 첫날,
발도 편안했고 마음도 무척 가벼웠습니다.

아직 마음 어딘가에 어린아이 같은 치기가 남아 있는지
자꾸 무작정 걷고 싶은 가벼운 설렘이 찾아왔습니다.
그런데 그 가볍고 편한 신발의 어디에
단단한 구석이 있는지,
둘째 날부터는 발바닥 한쪽이 아파 오기 시작했습니다.
물집이 잡힐 정도는 아니었지만
틈이 나면 자꾸 신발을 벗게 되었지요.

문득 신발을 잘못 고른 것이 아닐까 싶어

불편한 생각이 더 크게 들었습니다.
가만히 아픈 곳을 살펴보니
다른 사람에 비해 발바닥이 평평해서
더 그런 것이 아닌가 싶었지요.

새 신을 신은 지 사흘째 되던 날,
발바닥을 괴롭히던 고통이 거의 사라졌습니다.
발과 신발이 서로 어울리기 시작한 것입니다.
신발도 형태가 새롭게 잡히는 중이고
발도 적응이 거의 다 된 모양이었습니다.
그러고 나니 신발을 싫어하던 마음이 사라졌습니다.
한때 신발을 버리고 싶다는 생각까지 했었는데
언제 그랬나 싶게 편안해졌지요.
드디어 제 신발이 된 것이지요.

잘 적응하지 못한다 해도 큰 문제는 아닙니다.
세상은 늘 변하기 마련이고
사람은 느리든 빠르든 적응할 수밖에 없기 때문입니다.
얼마간 발이 아프더라도
수일 내에 새 신발에 적응하듯이
세상은 그렇게 살아가는 것 아니겠습니까.

아무리 힘들고 어려운 삶이라도
시간이 지나면 적응하기 마련입니다.
조금만 견디면 그제야 보이기 시작하는 것도 많습니다.
잠시만 견뎌보시지요.
그래야 깨닫는 순간도, 얻게 되는 순간도 많기 때문입니다.

#098

꾸준함이 똑똑함입니다

경전에 이르기를 '맷돌이나 숫돌이 닳는 것은 보이지 않지만
어느 땐가 다 닳아 없어지고,
나무를 심으면 자라는 것이 보이지 않지만
어느새 자라 큰 나무가 됩니다'라고 했습니다.

두드러지지 않는 가운데 꾸준하게 닦아가는
수행자적 삶을 비유한 것입니다.
하루 이틀이나 한 달 두 달 사이에는 알 수 없지만
조금 긴 호흡으로 보면 누구나 알 수 있는 말씀입니다.

그렇습니다.
1년 뒤의 자신의 미래는 바꾸기 어렵지만
10년 후의 자기 미래는 그리 어렵지 않게 바꿀 수 있습니다.
그래서 눈앞의 대학 서열에 목을 매고

피를 말리기보다는 적어도 10년을 쌓아가는
여유와 안목이 절실하게 필요한 때입니다.
꾸준하게 준비하고 나아가는 것,
내 방향을 알고 노력하는 것이 바로 똑똑함입니다.

#099

흐르는 마음을 붙잡는 것은 근본을 아는 것입니다

인터넷상에 떠돌아다니는 사진 두 장을 보고
피식 웃었습니다.
바로 새해 헬스장 모습과
한 해 마지막 날 헬스장 모습을 찍은 사진이었습니다.

새해 헬스장 사진에는
사람들로 붐비는 모습이 찍혀 있지만,
한 해 마지막 날 사진에는
텅 빈 헬스장의 모습만 있습니다.
아마 많은 사람들이 공감할 것입니다.

신년이 되면 우리는 계획을 세우고 다짐을 합니다.
그래서 연초에는 특히나 헬스장, 학원, 서점가에

많은 사람이 붐빈다고 하더군요.
새해에는 몸을 가꾸고, 자격증을 취득하고,
자기계발을 하려고 하기 때문이겠지요.
지난해의 아쉬움과 부족함은 털어버리고,
새 마음 새 뜻으로 무언가를 시작하겠다는 의지가 느껴집니다.
그러나 안타깝게도 우리는 시간이 흐를수록
그 '마음'을 잊어버리곤 합니다.

저는 한 해가 가고 새해가 올 때면
'묵은해와 새해는 구분하지 말라'는
학명선사의 시를 떠올립니다.
물론 무언가를 마무리하고
새롭게 시작한다는 것도 참 좋습니다.
그때마다 새롭게 마음을 다잡을 수 있고,
어떤 계기를 마련할 수도 있으니까요.
그러나 근본은 변하지 않습니다.
계절이 변하고, 환경이 달라지고
그렇게 무언가 계속 변하고 있는 것 같지만,
사실 변한 건 없습니다.

하늘을 올려다보세요.
그대로입니다.

정말 중요한 건 변하지 않습니다.
변하는 건 그저 우리 '마음'일 뿐입니다.
우리 마음의 움직임을 잘 살펴봐주세요.
가능하면 그 마음을 사랑으로 잘 보듬어주세요.
너무 멀리, 너무 위험한 곳으로 흐르지 않게요.

#100

여러분은 더 완벽한 끝을 만들 수 있을 겁니다

옛말에 "시작을 잘하는 이는 많지만,
끝마무리를 잘하는 이는 드물다"라고 했습니다.
《시경詩經》에서는 "100리를 가는 사람은
90리를 절반으로 여긴다行百里者半九十"라고 했지요.
이는 마무리가 그만큼 어렵다는 것을 뜻합니다.

소심하고 소극적인 사람을 두고는
복지부동伏地不動이라고 합니다.
땅에 바짝 엎드려 움직이지 아니하면서
주어진 일이나 업무를 처리하지 않고
제 몸만을 사린다는 뜻이지요.

자신의 힘을 과신하거나 자만심이 가득한 사람을 두고는
안하무인眼下無人이라고 합니다.

제 눈 아래에 사람이 없다는 뜻으로 방자하고 교만하여
다른 사람을 무시하고 업신여기고
제멋대로 말하고 행동하는 것을 가리킵니다.
모두 중도中道와 중용中庸의 식견과
지혜가 부족하기 때문입니다.

일을 추진할 때 수동적이고 소극적인 사람이 있고
반대로 적극적이고 저돌적인 사람도 있습니다.
또 일이나 상황에 따라 같은 사람이라도 적극적일 수도 있고
소극적일 수도 있습니다.

어떤 성향의 사람이든 시작한 일은
마무리를 잘해야 할 것이며,
계획만 갖고 미처 시작하지 못한 일은
천 리 길에 한 발짝을 내딛는 마음으로
시작해야 할 것입니다.

어떤 일이건 시작이 반이고 끝도 반입니다.
시작도 끝도 잘 계획해 봐야 할 것입니다.
무엇보다도 경전 말씀처럼 시작도 좋고, 중간도 좋고,
끝도 좋다면 더 말할 나위가 없겠지요.
이거저거 재지 말고 일단 시작하십시오.

시작을 두려워하지 않는다면
더 완벽한 끝을 만들 수 있을 겁니다.

#101

천천히 쓰는 마음이 따뜻한 세상을 만들어냅니다

학교 폭력이 갈수록 심해지면서
사회적 문제로 대두되고 있습니다.
친구들의 폭력으로 고통받다 자살하는 아이들,
폭행을 일삼는 아이들의 이야기가
연일 신문과 텔레비전에 보도됩니다.
어른들은 "우리 때는 저러지는 않았는데"라고
혀를 차며 안타까워합니다.

학교 폭력이 왜 이렇게까지 심각해진 것일까요.
여러 가지 원인이 있겠지만 우리가 너무 바쁘게 살아서
그런 것이 아닐까 하는 생각을 해봅니다.
모두가 바쁘기만 합니다.
부모도 아이도 바쁩니다.

몸만 바쁜 것이 아닙니다.
따라가야 하기 때문에, 따라잡아야 하기 때문에
마음이 더 바쁩니다.
결국 불안에 시달려서 난폭해지고
우울해지고 세상에 소외되었다고 느끼는 것입니다.

여름방학과 겨울방학 때
우리 절에서는 템플스테이를 합니다.
이곳에서 며칠 지내는 아이들을 보면
때로 안쓰럽기도 합니다.

아이들은 천천히 살아야 합니다.
천천히.
그래야 제대로 성장을 하게 되는 것입니다.
이런 생각을 하며 그들에게 108배를 통해
몸과 마음을 건강하게 하는 법을 가르칩니다.
그리고 명상을 통해 마음을 평화롭게 하는 법을
스스로 느끼게 합니다.
그리고 공기 맑은 산사를 거닐며 자연을 바라보게 합니다.

거칠지 않은 산사의 음식을 먹고 짧은 시간이지만
세상에 나가 어떻게 마음을 쓰며 살아야 하는가를 배우며 며칠 템플스테이를 거쳐 간 아이들은 달라집니다.
이것은 부모들도 마찬가지이지요.
저는 아이들과 부모님들에게 일주일에 한 번,
아니 한 달에 한 번씩이라도
가까운 산사에 찾아가라고 권합니다.
그곳에 답이 있습니다.

어떻게 해야 우리가 천천히 살아갈 수 있는지.
어떻게 사는 것이 따뜻한 마음을 쓰는 것인지.
산사의 바람 소리, 처마 밑 풍경 소리,
대웅전에 모셔진 불상의 온화한 미소,
밤하늘의 별, 새벽 예불 등이 알려줄 것입니다.
우리가 어떻게 살아야 하는지를요.

#102

까다로운 화초를 키워보십시오

우리 화단에는 다양한 꽃나무와 화초들이 자라고 있습니다.
그렇게 여러 화초를 키우다 보니 깨달은 사실이 있습니다.
바로 키우기 까다로운 화초들은 생각보다 훨씬 잘 살아남고,
키우기 쉽다고 한 화초들이 예상외로 실패하는 것입니다.

이유는 간단했습니다.
까다로운 화초는 항상 신경을 써서 보살피는 반면
쉬운 화초에게는 거의 신경을 쓰지 않기 때문입니다.
옛 말씀에도 곡식과 아이들은 손길이 가는 만큼
잘 자란다고 했습니다.

타고난 품종과 유전자도 중요하겠지만
사람이 어떤 마음으로 가꾸는가에 따라
화초 관리의 성공과 실패가 결정되는 것입니다.

그 흔하던 채송화가
지금 우리네 화단에서 거의 사라져버린 것은
채송화가 까다로워서가 아니라,
우리가 더 이상 채송화를 가꿀 생각을
하지 않기 때문일 것입니다.

어려운 일이 쉽고 쉬운 일이 어렵다는 게
바로 이런 것이 아니겠습니까.
마음이 가는 곳에 꽃이 피고 마음이 가야 일이 됩니다.
세상일은 까다로운 곳에 마음이 가는 것이니
쉬운 일도 까다로운 화초 키우듯 해볼 일입니다.

#103

자연스럽게 찾아오고 자연스럽게 흘러갑니다

우리는 억지로 꾸미지 않아서 이상함이 없는 것,
순리에 맞고 당연한 것을 이야기할 때
자연스럽다고 이야기합니다.
'자연스럽다'는 '자연'이라는 명사에
'스럽다'라는 접미사가 붙은 단어입니다.

여기에는 자연의 섭리가 그대로 녹아 있습니다.
자연은 서두르거나 늑장을 피우는 법이 없습니다.
봄이 오면 단단하게 언 땅에서 꽃을 피우고,
여름이면 싱그러운 초록을,
가을이면 빨갛고 노란 단풍을 지천으로 물들입니다.
그리고 겨울이면 그저 잎을 떨굴 뿐입니다.

자연은 욕심을 내는 법도 없습니다.

우리에게 많은 것을 아낌없이 베풀어줍니다.
따스한 햇살, 기분 좋은 바람, 시원한 그늘,
포근한 땅을 선물합니다.
인간 또한 그래야 합니다.
자연을 닮고 자연을 배워야 합니다.
있는 만큼 먹고 쓰고 나누어주고 남기고 가야 합니다.
그렇게 소박하고 겸손하게 자연과 하나가 되어야 합니다.

우리 선승들 대부분은
자연과 하나가 되는 삶을 실천했습니다.
필요치 않은 것을 탐내지 않고 자비와 나눔을 행했습니다.
그것이 바로 무소유의 정신이지요.
진각국사의 선시를 읽으며 다시 한번 그 마음을 새겨봅니다.
여러분도 휴일에 가까운 산이나 냇가를 찾아
시냇물에 발 한 번 담그고 선사처럼 이렇게 말해보세요.

“더 이상 무엇이 필요하랴!”

#104

감정을 놓칠 줄도 알아야 합니다

옛 스님들은 육환장이라는 지팡이를 가지고 다녔습니다.
지팡이 끝에 둥근 쇠고리가 여섯 개 달린 것으로
땅을 짚을 때 짤랑거리는 소리를 냅니다.
이 소리는 작은 짐승이나 벌레 등
뭇 생명들이 다치지 않도록 하는
수행자의 조심성과 자비심의 표현입니다.
오비이락의 우연조차 피하려는 방편의 하나입니다.

내가 아무리 정당하고 떳떳하다고 해도
한번 다른 사람의 의심을 받으면
다시 신뢰를 회복하기 쉽지 않습니다.
하물며 자기의 입으로 말하고 글로 남겨
명확한 증거가 남는 일은 비교할 바도 아닙니다.

나에게 닥친 나쁜 일에는 알거나 모르거나
무엇이든 원인이 있습니다.
혹시라도 분노와 욕심에 눈이 어두워졌을 때
내게 참으라고 말리는 사람이 있다면
그 사람이 지혜의 눈이 열린 도인이 아닌가,
생각해 볼 일입니다.

잠시 참으면 지나가는 감정일 것입니다.
감정을 놓칠 줄도 알아야 합니다.
분노나 억울함 등이 그러하지요.
내 감정을 놓치고 다음 감정을 기다려보세요.
거기서 상대에 대한 배려가 시작됩니다.

#105

가까운 사람이기에 더 섬세하게 대해야 합니다

불교의 초기경전《숫타니파타》에는
친구에 대한 정의가 간결하면서도 명쾌하게 적혀 있습니다.

"'나는 그대의 친구다'라고 말하면서
자기가 능히 할 수 있는 일을 해주지 않는 사람은
내 친구가 아님을 알아야 한다."

많은 사람이 가까운 사람의 진실하지 못한 말에
상처를 받습니다.
일심동체라는 부부 사이, 부모 자식 사이,
형제나 친척 사이, 친구나 동료 사이 등
가깝고 친밀한 사람들 사이에서 하는 약속이나
오가는 말들이 자주 거짓말이나 없었던 일로 바뀝니다.
애초에 너무 책임감 없이 말을 해서 그럴 때도 있고,

지켜낼 책임감과 의지가 부족해서도 그렇습니다.

그런데 이 관계에 대해 끊임없이 생각하다 보니,
다양한 종류의 인간관계가
한 가닥으로 압축되는 것을 알았습니다.
그 모든 인간관계가 '친구'라는 하나의 틀로 묶이더군요.
부모나 형제도 그렇고,
선후배나 동료 관계에도 친구라는 종착점이 있었습니다.

하지만 다양한 인간관계의 배경을
모두 '친구'에 두는 것은 좋지 않습니다.
사람 사이의 관계를 가볍고
무책임하게 만들 수 있기 때문입니다.
상대방이 편하다는 이유로
반드시 지켜야 할 예의를 갖추지 못하거나
약속을 가볍게 생각하는 사람들이 있기 때문입니다.

진중하고 마음 깊이 친근해야 할 관계가
소홀함으로 바뀌는 순간,
우리는 얼마나 상처받는지요.
그래서 때로는 적당한 거리가 필요하고
사회적 관계 안에서 명확한 태도를 취해야 합니다.

현대사회는 어떤 관계라도 약속은 반드시 지켜야 하고, 가까운 사이일수록 예의를 지켜야 한다고 강조합니다. 가까울수록 관계가 무너지는 일이 쉽기 때문일 것입니다.

#106

성공하는 간신과 실패하는 충신이 있습니다

일반적으로 듣기 좋은 말과
속임수를 써서 높은 호감을 사려는 신하를
'간신'이라고 말합니다.
하지만 그렇다고 해서 간신들의 태도가
꼭 가벼운 것만은 아닙니다.

때로는 자신들만의 대의를 위해 강직하게 목숨을 걸기도 하고,
세상을 보는 철학과
지혜를 가진 인물도 더러 있습니다.
그래서 간신들은 생전에 평가받기보다는
사후에 혹독한 심판을 받는 경우가 많다고 합니다.

근래 언론에서 간신배 논쟁이 벌어지고 있습니다.
권력의 중심에 있는 인물들을

권력의 언저리에 있는 사람들이 비판하면서
논란이 시작되었지요.
이런 정치인들 사이의 논란도 실상을 보면
웃음이 나올 정도로 단순합니다.
그저 권력 언저리에 있는 사람들이
중심 권력의 사람들을 밀어내고
그 자리를 차지하겠다는 계산에서 시작되었기 때문입니다.

돌아가신 노스님의 주변에는
언제나 간신 같은 사람들이 출입하곤 했습니다.
그래서 당신에게나 사찰에 불편과 불이익을 주곤 했지요.
어느 날 노스님께 여쭈어보았습니다.
"스님, 저 사람 간신 같은 사람인 줄 모르세요?"
"왜 몰라. 잘 알지."
"그런데 왜 가까이하세요?"
"허허, 하는 짓이 재미있잖니."

"어리석은 왕은 충신의 말에 언짢아하는 반면,
간신의 말에 귀를 솔깃한다"라는 말이 있습니다.
같은 말이라도 달게 하는 사람이 있고
쓰게 하는 사람이 있다는 뜻입니다.
쓰게 말하는 충신보다 달게 말하는 간신이 성공하는 것은 어찌 보면 당연한 일입니다.

'재미있는 간신' 같은 사람에게 곁을 주셨던

노스님의 여유가 조금은 이해가 됩니다.

#107

세상에는 두 가지 위엄이 있습니다

세상에는 위엄의 종류가 둘이 있다고 합니다.
하나는 도덕이 높아서 생기는 위엄이고,
또 하나는 권세가 높아서 생기는 위엄입니다.
도덕이 높아서 생기는 위엄은 자연스럽지만
권세가 높아서 생기는 위엄은 인위적인 것입니다.

자연스럽게 나온 위엄과 존경은
상대방의 마음까지 복종시킬 수 있지만
인위적으로 생긴 위엄과 존경은
그저 외형만을 복종시킬 뿐입니다.

상대의 마음까지 복종시키는 위엄과 존경은
자기의 눈앞에서 이루어질 뿐만 아니라
천 리 밖에서도 위엄과 존경을 받습니다.

그뿐만 아니라 현재는 물론 100세가 지나도록
그 명성이 전해져서 존경과 위엄을 받을 것입니다.

이렇듯 시간과 공간을 초월해서 존재하는 위엄은
도덕에 그 기반을 둡니다.
반면 권세를 통해 얻은 위엄은 잠시,
그리고 눈앞에서만 존재할 뿐
돌아서면 허깨비처럼 사라져버립니다.

여러분은 어떤 위엄을 얻으실 것인가요?
어떤 말과 선택으로 위엄을 얻으실 것인가요?
삶은 선택의 연속이고
인간은 그 선택을 자신의 뜻대로 행할 수 있습니다.
선택은 바로 여러분의 몫입니다.

#108

쉼 쉬는 것조차 잊고 살지는 않는지요

바야흐로 100세 시대라고 하지만
영원히 살 수 있는 사람은 아무도 없습니다.
그렇게 나고 죽음은 무한히 반복되는 것입니다.
그래서 진각혜심은
"지금 이 육신도 온전히 내 것이 아니지만
그래도 이 몸으로 최선을 다하라"라고 말씀하십니다.

'빠름'이 미덕이 되어버린 시대에
'쉼'이란 가깝고도 먼 것이 되었습니다.
매일매일 숨 가쁘게 살아가고 있는 현대인은
누구나 쉼을 갈구하고 있지만,
진정한 쉼을 알고 있는 사람은 많지 않은 것 같습니다.
"잘 쉬고 있는가" 하고 물었을 때
자신 있게 "그렇다" 하고 대답할 수 있는 사람은

많지 않을 것입니다.

쉼이란 무엇일까요.
쉼은 한자로 휴식休息입니다.
사람人이 나무木 그늘에 기대어 쉰다 하여
'휴'와 코鼻와 마음心이 합해진
숨쉴 '식'자로 이루어져 있습니다.
여기에서 쉼은 육체적인 쉼만을 말하는 것이 아닙니다.
편하게 숨을 쉴 수 있다는 것은
곧 육신과 마음을 쉬게 한다는 뜻이기 때문입니다.

흔히들 휴식한다고 할 때 말하는
단순히 놀면서 먹고 보고 듣고 즐기며
시간을 보내는 쉼은 쉼이 아닙니다.
진정한 쉼이란 욕심과 집착을 내려놓고
자기 몸과 마음을 살펴보는 것입니다.

쉼에도 공부가 필요합니다.
하루에 아주 짧은 시간이라도 온전히 나를 마주할 때
'쉼'은 깨달음으로 다가옵니다.
당신은 지금 편안하게 숨을 쉬고 있습니까.
숨 쉬는 것조차 잊고 살지는 않은지요.

Photograph © 신상문(申相文)

사진작가 신상문은 자연의 섭리와 인간 내면 세계의 보지 못하는 것을 보려는 데 포커스를 맞추고 있다. 순천에서 전시공간 〈예술공간카메라타〉를 운영중이며 사진집으로 〈순천을탐하다〉, 〈아랫장〉, 〈채묘(採苗-갯벌에꽃피다〉, 〈원창역, 여긴 시간이 멈춘 것같이요〉 등이 있다.

인스타그램 @camerata2020

주경스님의 사랑의 아포리즘 #108

보지못하는 것을 본다는 것

1판 1쇄 발행 2023년 10월 18일

글 주경
펴 낸 이 신혜경
펴 낸 곳 마음의숲

대 표 권대웅
편 집 최은경
디 자 인 김은아
마 케 팅 노근수

출판등록 2006년 8월 1일(제2006-000159호)
주 소 서울특별시 마포구 와우산로30길 36 마음의숲빌딩(창전동 6-32)
전 화 (02) 322-3164~5 팩스 (02) 322-3166
이 메 일 maumsup@naver.com
인스타그램 @maumsup
용지 월드페이퍼(주) 인쇄·제본 (주)에이치이피

ISBN 979-11-6285-136-4 (03810)

*값은 뒤표지에 있습니다.